ENFANTINES

MORALITÉS

PARIS. — IMPRIMERIE DE H. FOURNIER ET Cᵉ,
RUE SAINT-BENOIT, 7.

ENFANTINES

MORALITÉS

PAR

ELZÉAR ORTOLAN

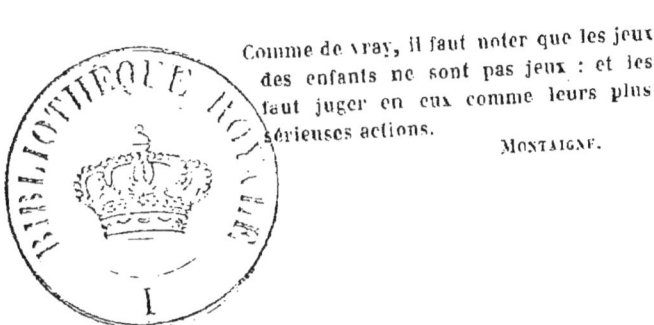

Comme de vray, il faut noter que les jeux
des enfants ne sont pas jeux : et les
faut juger en eux comme leurs plus
sérieuses actions.

MONTAIGNE.

PARIS

LIBRAIRIE DE CHARLES GOSSELIN
RUE JACOB, 30
—
1845

Qui, parmi les hommes même les plus graves, ne s'est jamais surpris arrêté, en son chemin, à un jeu, à une saillie, à une boutade d'enfant?

Souvent on est là, plusieurs, suspendant chacun sa marche; et n'importe l'âge, le sexe, le rang, à de certains traits on se regarde, le sourire sur les lèvres : sans se connaître, sans se rien dire, l'on s'est compris.

L'artiste en a tiré plus d'une fois des croquis délicieux, de charmants tableaux de genre.

Pourquoi ce que le crayon, ce que le pinceau ont déjà fait, la plume n'essaierait-elle pas de le faire?

Ne pourrait-il pas y avoir, à de telles compositions, plaisir et profit sérieux en même temps?

Les moralistes, pour construire la science, observent, étudient l'homme : si l'on se mettait à observer, à étudier l'enfant!

L'enfant est un petit homme, un homme à venir : ne serait-ce pas prendre en lui toute chose humaine dans son germe?

Toute chose dans sa fraîcheur, dans sa naïveté, dans son innocence?

Toute chose gracieuse, et amusante bien souvent?

Puis, naturellement, il s'opère une réflexion. La pensée fait retour, de ces enfants à nous-mêmes, de leur âge à un âge plus avancé, de leurs plaisirs, de leurs chagrins, de leurs passions aux nôtres.

Et la leçon morale est au bout.

En me laissant aller à ce courant d'impressions et d'idées, en recherchant mes propres souvenirs d'un temps qui est bien loin, en regardant autour de moi les enfants, les miens et tous les autres aussi, il m'a semblé qu'il y avait au fond de ces observations le trésor d'une poésie à part :

D'une poésie vraie de tout temps, vraie pour tous, pleine d'enseignement et de charme pour tous; où chacun croirait se reconnaître, soi et les siens.

Car, s'il existe quelque chose qui se ressemble toujours, de siècle en siècle, de pays en pays, de condition en condition, ce sont les enfants.

Si l'on a dit du cœur humain, qu'il est le même partout, à plus forte raison faut-il le dire du cœur humain à sa naissance, lorsqu'il n'a pas encore subi l'influence du milieu dans lequel il va se développer.

A la lecture des grands poëtes, des anciens comme des modernes, on rencontre quelquefois de ces traits échappés au burin du maître en présence de quelque scène d'enfance ; et malgré l'ampleur, l'élévation, la majesté des autres tableaux, bien souvent ces petits traits sont ceux qui nous laissent les souvenirs les plus durables, ceux auxquels nous revenons le plus volontiers.

Ce qui n'a été fait que par occasion, j'ai pensé qu'on pouvait se le donner pour sujet principal, et qu'en disposant convenablement ces naïves compositions, il pouvait en sortir une sorte nouvelle de poésies qui viendraient se classer dans la famille de la fable et de l'élégie intime.

Sœurs de l'une comme de l'autre, elles ressembleraient à la première par l'anecdote et la moralité, à la seconde par la forme et par le sentiment.

Comme la fable, elles procéderaient, quant au fond, de la pensée exprimée dans ces deux vers de La Fontaine :

« Une morale nue apporte de l'ennui,
« Le conte fait passer le précepte avec lui. »

Les tableaux et le drame y seraient, non pas de fantaisie, mais pris autour de nous, reproduisant fidèlement la réalité.

Il en serait de même des petits acteurs : peints sur le fait, ressemblants... autant que possible : tels qu'ils existent, ils sont si frais.

1.

si jolis ! je les aime bien mieux que ceux de la fable, messieurs les animaux.

Et puis, ils ont le cœur : ce qui amènerait dans ces poésies un élément dont la fable est ordinairement dépourvue.

La conclusion y ressortirait d'elle-même, par la transition de l'enfant à l'homme, de ce qu'il est à ce que nous sommes, à ce qu'il sera dans l'avenir ; et là, souvent, sans le vouloir, tandis que la scène aurait marché légère ou gaie, la moralité arriverait grave ou empreinte d'une douce couleur élégiaque.

Pour le style, il serait commandé par les personnages même de ces petits drames : ce serait le style de la poésie de l'âme, de la poésie de famille ; avec le naturel, la simplicité pour qualités dominantes ; ce qui ne devrait pas en exclure le coloris.

Voilà l'idée que je me suis faite du nouveau

genre que j'ai entrevu comme possible, et que j'ai nommé, dès son origine, du nom d'ENFANTINES.

Si j'avais à le définir en peu de mots, je dirais qu'il doit offrir : « Un tableau, une scène d'enfants copiés d'après nature ; puis, un retour sur l'homme fait, avec la conclusion sérieuse qui s'en détache. »

Les petites pièces que je publie dans ce volume ont été essayées sur cette donnée.

Elles sont, pour la plupart, déjà anciennes de date.

Voici plus de quinze ans que le titre d'Enfantines a été fait pour elles, et qu'elles sont faites pour ce titre.

Des deux enfants à qui elles s'adressaient ordinairement, l'un, mon fils, vient d'obéir à la loi du recrutement ; l'autre, ma fille, est mariée : si jamais elles ont une suite, les modèles en seront pris sur une seconde génération.

Livré, par profession, à des travaux d'une autre nature, je les avais tenues renfermées jusqu'à ce jour dans le cercle de la famille et des intimes. Quelques unes, cependant, à partir de 1829, s'étaient glissées dans des collections périodiques. On leur fit l'honneur de constater bibliographiquement, il y a de cela plus de dix ans, l'existence du recueil qu'elles formaient et le nom que je leur avais donné *; dans les collections même où elles avaient paru, on ne dédaigna pas d'en em-

---

* « Il est aussi auteur... d'un *Recueil* de petites pièces « d'un genre particulier, désignées par lui sous le titre « d'*Enfantines :* de ce nombre sont... etc. » (*France littéraire ou Dictionnaire bibliographique*, par M. Quérard, tome 6ᵐᵉ, 1834, page 505, à la fin de l'article qui me concerne.)

prunter plus d'une fois, pour les numéros ou
pour les volumes suivants, le titre, sinon le
cadre; deux écrivains, entre autres, à la fin
de 1832, dans une publication annuelle où
j'avais fait connaître ce titre un an aupa-
ravant *, le reproduisirent chacun en même
temps ** ; et l'un d'eux, qui réunit au privilége du talent tous les priviléges de la femme,
vient de s'en servir encore pour un volume
de gracieuses poésies, mis au jour il y a plusieurs mois.

Quoique ce titre vienne de moi, que je l'aie
imaginé, employé et imprimé le premier, je
ne songe pas à réclamer contre l'usage que

---

* *Annales Romantiques* de la fin de 1831, Paris, Louis
Janet, page 242. (Journal de la librairie, du 17 décembre
1831, n° 5801.)

** Même recueil, même libraire, à l'année suivante,
page 21 et page 313. (Journal de la librairie, du 15 décembre 1832, n° 6175.)

d'autres pourraient en faire. La chose est, certes, bien loin d'en valoir la peine.

Je me borne à publier le recueil entier de mes Enfantines, afin de mieux marquer le genre pour lequel ce nom a été fait.

Je regretterais, moins par esprit de paternité que par conviction littéraire, de voir ce nom détourné de sa signification originaire.

Mais je serais heureux que la littérature voulût bien le consacrer, que de vrais poëtes ne dédaignassent pas d'achever une création imparfaitement ébauchée par ma faiblesse, et qu'on pût dire, un jour, des *Enfantines*, comme on dit des *Fables*, des *Ballades*, des *Élégies*.

Celles que voici ne sont qu'un essai, qu'une tentative première vers cette création.

Véritables coquilles de noix, elles n'ont

encore navigué que dans un bassin de cristal posé sur un guéridon, avec un cercle de petits enfants qui se groupaient à l'entour, se haussant sur la pointe des pieds pour mieux les voir, et les faisant chavirer quelquefois en voulant porter sur elles leurs petites mains.

Dieu veuille qu'il ne leur arrive pas, aujourd'hui qu'elles entrent dans de plus grandes eaux, ce qui est arrivé à celles dont je raconte l'histoire à la fin de ce volume!

LIVRE PREMIER.

————o o————

ENFANTINE PREMIÈRE.

2

Il me fait voir sur la braise animée
Des bois, des mers, un monde en peu d'instants.
Tout mon ennui s'envole à la fumée.
O bon Génie, amusez-moi longtemps!

BÉRANGER.

LIVRE PREMIER

ENFANTINE PREMIÈRE.

Les Rubans de feu.

> Le foyer domestique, ineffable en douceurs,
> Avec la mère au coin et les petites sœurs.
>
> THÉOPHILE GAUTIER.

> Nous fûmes élevés par une sainte femme
> Qui de belles leçons ensemença notre âme.
>
> ANTONI DESCHAMPS.

Avez-vous, comme moi, quand vous étiez enfant,

Aimé l'âtre entouré d'un grand manteau gothique;

Et les tours du chenet, rempart qui le défend,
Et la pelle, instrument de bruyante musique?
Aimiez-vous le pétard du tison qui se fend;
Le mont de cendre, Etna dont le cratère fume;
Les larmes, les soupirs du bois qui se consume;
Et ces paillettes d'or, ce nuage étoilé
Qu'un frottement arrache au tronc demi-brûlé?

Souvent, près de sortir, car elle était si bonne!
Ma mère nous disait : « Enfants, prenez ce jeu,
« Ces fruits, et ces gâteaux arrondis en couronne;
« Je sors. Toi, ne va pas courir autour du feu. »

Et moi, d'abord bien sûr de mon obéissance,
Je mangeais, je riais près de ma jeune sœur;
Mais le repas finit; le jeu lasse; l'absence
Se prolonge; et puis l'âtre... est là.... sans défenseur :

Qui pourrait résister?...

                    Enfin, ma main séduite
Enlevant, entraînant des rameaux allumés,
J'agitais, réunis dans leur rapide fuite,
Des ellipses de feu, des cercles enflammés!
Ou bien je déroulais sur une ligne droite
De mobiles rubans, rayés de pourpre et d'or;
Et, quand disparaissait leur bande plus étroite,
Au foyer complaisant j'en demandais encor.

Mais, tandis qu'ébloui j'admirais leur parure,
Si la clef tout à coup tournait dans la serrure,
Vite, bien vite, au bruit que j'avais entendu,
J'étouffais en tremblant mon rameau sous la cendre,
Et sur ma chaise assis, confus, j'allais attendre
Le baiser maternel.... qui ne m'était pas dû!

                        2.

Ces jours sont loin! ma chaîne est presque détachée,

Ma mère a déjà fui vers un monde meilleur ;

Le ton grave est venu ; sous l'habit de docteur

Le rire s'est éteint, l'âme s'est desséchée :

Et pourtant, cachez bien cet indiscret aveu,

L'hiver, près du foyer que la flamme colore,

Souvent, quand je suis seul, je me surprends encore

Faisant de longs rubans et des cercles de feu.

ENFANTINE II.

Vous souvient-il, ô jeune fille,
De vos doux ébats d'autrefois,
De votre enfance qui scintille
Comme une étoile au fond d'un bois?
Vous étiez folâtre et légère,
Heureuse des fleurs du printemps
Et d'un baiser de votre mère :
Vous souvient-il de vos sept ans ?

ÉMILE FAGE.

ENFANTINE II.

Le petit Mari.

Tan bèlo noblo bay sourti;
Tan bèlo noblo bay passa!

Tant belle épousée va sortir,
Tant belle épousée va passer!

JASMIN, d'Agen.

Une femme, un enfant, trésors dont je m'enivre!
L'une par qui l'on vit, l'autre qui fait revivre.

LAMARTINE.

Non! vous n'en pourrez pas chasser le souvenir!

Nous étions tous enfants; vous, déjà bien jolie;

Le dimanche, à mes sœurs vous veniez vous unir,
Et par des cris joyeux vous étiez accueillie.

Un jour, on proposa votre jeu favori,
Le mariage : — « Ah ! bon ! qui fait la mariée ? »
— « C'est moi ! vous êtes-vous aussitôt écriée ;
« Car j'ai ma robe blanche, et mon bonnet fleuri,
« Regardez... mais c'est lui que je veux pour mari. »

De notre hymen alors on célébra la fête ;
Puis dans un grand fauteuil, pour domicile élu,
Le ménage installé, j'ouvris sur votre tête
Un tout vieux parapluie, au manche vermoulu,
Qui nous tint lieu d'un toit que vous aviez voulu.

Sur tout ce qu'exigeait notre nouvelle chaîne
Oh ! vous étiez habile à diriger mes pas ;

Vous parliez, vous régniez chez nous en souveraine ;
Et moi, j'obéissais, je ne m'en défends pas.

— « Maintenant, disiez-vous, puisque je suis ta femme
Tu n'as plus rien, vois-tu, qui ne soit à nous deux. »
Et je courus chercher mes soldats verts et bleus.
Le fourreau de mon sabre, et le haut de sa lame,
Et mes quilles d'ivoire, et tous mes autres jeux.

— « Mais, disiez-vous encor, grave et préoccupée,
« Puisque je suis ta femme, il nous faut un enfant. »
Et de ma sœur je fus emprunter la poupée
Qu'en mes bras paternels j'apportai triomphant.

Nos visites de noce, il nous fallut les faire :
De votre grand'maman vous aviez pris le schall ;
Et moi, sous votre bras plus fier qu'un sénéchal,

Je marchais, étalant l'habit noir de mon père,
Dont les pans nous suivaient en balayant la terre.

La nuit vint disperser le ménage chéri ;
J'endormis avec moi sa riante pensée ;
Depuis, on m'appela votre petit mari,
Et j'emportai ce nom jusqu'aux bancs du lycée.

Je vous vis au retour ; mais vous aviez quinze ans ;
Près de vous on parlait encore mariage,
Dot, parure ; et ces mots, toujours plus séduisants,
Vous firent oublier le mari d'un autre âge.

䷁

Dieu punit quelquefois ! il a trompé vos vœux ;
Il a fait votre hymen stérile et malheureux ;

Moi j'ai reçu de lui, pour marcher dans la vie,

Une femme que j'aime ; et, pour jouer le soir,

Deux enfants, qu'en chemin souvent on nous envie :

Un fils aux yeux d'azur, et sa sœur à l'œil noir.

ENFANTINE III.

L'ennui toujours arrive après la fête folle.
    L'ange qui te guide et te suit,
A la porte des bals te quitte et se désole,
Et de ton blanc chevet tristement il s'envole,
    S'il ne t'y trouve pas la nuit.

CHARLES PONCY, de Toulon.

ENFANTINE III.

Le Grésil.

Ta joie est dans ton ignorance.
Mme GUINARD-DEMANTE.

Mais dans de vains plaisirs n'effeuille pas tes jours ;
La vie est grave, enfant, et ses matins sont courts !
ÉMILE SOUVESTRE.

Que fais-tu, bel enfant, l'œil au ciel suspendu,
Les deux bras en avant, le tablier tendu,

3.

Courant à l'air, sans craindre aquilon ni froidure ?

Que fais-tu, bel enfant, à blonde chevelure ?

Es-tu fille ou garçon ? Ces longues boucles d'or,

Ce front pur, ce sourire, et ces habits encor,

Tout nous laisse indécis ; en comptant sa famille

L'amour s'y tromperait .... Es-tu garçon ou fille ?

Fille ou garçon, tu cours ; le ciel verse, en riant,

Des perles que l'éclair fabrique à l'Orient :

Frais caprice de mars, c'est le grésil sonore,

Qui sur le sol bondit et rebondit encore ;

Et tu fais la récolte en ton blanc tablier :

Sucre en cristal brillant, perles pour un collier,

Quelle capture !... Enfin, corsaire aventureuse,

Ta voile se replie, et tu rentres joyeuse.

Mais ouvre ce trésor ! Conquérant dépouillé

Que te reste-t-il ? Rien ! Un vêtement mouillé !

Le cristal s'est enfui, la perle est disparue :

Eau froide sur ta robe, et fange dans la rue !

Ah ! que ce ne soit pas le plaisir qui t'attend !

Déjà, sous mille traits, le plaisir, en chantant,

Sur ta route se pose, en facettes il brille :

Choisis, jeune garçon ! choisis bien, jeune fille !

ENFANTINE IV.

Cher petit oreiller, doux et chaud sous ma tête,
Plein de plume choisie, et blanc, et fait pour moi,
Quand on a peur du vent, des loups, de la tempête,
Cher petit oreiller, que je dors bien sur toi!

Mme DESBORDES VALMORE.

ENFANTINE IV.

L'Enfant perdu dans ses draps.

L'ange a replié son aile !
Comme l'esquif au vaisseau,
A la couche maternelle
S'amarre un petit berceau.

CORDELLIER DELANOUE.

Savoir se contenter sera toujours mon texte.

CHARLES NODIER.

Calme ce flot brûlant qui bouillonne et pétille,

Ce vif-argent qui court et qu'on ne peut saisir,

Dans ton lit, doucement, reste, ma bonne fille ;
    Reste, pour me faire plaisir !

Sous ces tissus moelleux et repliés en quatre
Il fait chaud ; mais dehors gronde le vent d'hiver.
Écoute : l'entends-tu qui tourmente et fait battre
    Chaque volet qu'il trouve ouvert ?

Sur la neige, en sifflant, son aile se promène ;
Il cache le gazon sous un réseau fatal ;
Puis, sur l'eau du bassin, va, de sa froide haleine,
    Souffler des lames de cristal.

Oh ! si tes petits pieds perçaient leur couverture,
Si sur les bords du lit tu hasardais tes bras !
Le froid mord, mon enfant, cuisante est sa morsure ;
    Sois immobile sous tes draps !

Calme ce flot brûlant qui bouillonne et pétille,

Ce vif-argent qui court et qu'on ne peut saisir;

Dans ton lit, doucement, reste, ma bonne fille;

    Reste, pour me faire plaisir !

Ne te souvient-il plus de ta nuit de détresse?

A l'heure où les enfants, chérubins endormis,

Recueillent sur leur front la dernière caresse

Et quittent le salon, de main en main transmis :

Pour ta retraite, à toi, quelle affaire à conduire !

Petite diplomate habile à nous séduire,

Tu savais amuser, prier, parlementer;

De puissance à puissance il fallait discuter.

Après des *si*, des *mais*, des délais et des pauses,

Il fallait un traité dont tu dictais les clauses :

4

Tu trouvais, à ton gré, ton berceau trop petit,
Et l'on te coucherait, du moins, dans le grand lit.

Était-ce en toi, déjà, l'ambition en germe,
L'homme qui de son champ veut reculer le terme ?
Ou plutôt, voulais-tu, cherchant un souvenir,
Lorsque dans le sommeil s'en allait ta pensée,
Au chevet paternel la sentir caressée ?
N'importe ! Toujours bonne, et douce à ton désir,
Ta mère t'y posait, le soir, pour t'endormir.

Mais voilà qu'une nuit, nuit de crise et d'orage,
Comme un hardi nageur qui joue avec le flot,
Le bat des pieds, des mains, le soulève en nuage,
Et tourne sur ses flancs mieux que sur un pivot,
Ainsi tu t'ébattais sur la couche moelleuse.
Puis, poussant en avant ta tête aventureuse,
Gouvernant de tes pieds, et ramant de tes bras,

Tu partis explorer l'océan de tes draps.

Mais bientôt, sans boussole errant dans l'étendue,

L'abîme se referme, et t'y voilà perdue !

Navigateur cerné dans les glaces du nord,

Pauvre oiseau dans les lacs, petite souris grise

Au sortir de sa niche au trébuchet surprise,

Vainement tu cherchais une issue, un abord,

Tu retrouvais partout l'impénétrable bord.

Cependant, du passé sondant quelque rivage,

Dans le livre des lois poursuivant quelque page,

Ou plongeur recherchant un vestige incertain

Dans quelque profondeur de notre cœur humain.

Je laissais, oublieux, s'en aller en fumée

Ma pensée et ma lampe à demi consumée.

Aux aguets près de là, notre recours à tous,

L'ange gardien, ta mère... et puis cette autre amie

Qui , depuis ta naissance, éveillée , endormie ,

T'a bercée, et t'a fait un lit de ses genoux ,

Toutes deux prolongeant leur veille maternelle ,

Causaient et s'occupaient, de qui? de leur enfant ,

D'un tout mignon réseau de soie ou de dentelle,

D'une petite robe au corsage bouffant...

Quand, tout à coup, des cris étouffés... une plainte...

Comme un appel de voix lointaine et presque éteinte

Nous arrive ! Effrayés , accourant à la fois,

D'un bond, près de ton lit nous nous trouvons tous trois;

Les draps, en un seul trait, sont jetés en arrière...

Penchée, à deux genoux, sur tes mains , sans nous voir

Tu relevais vers nous ta tête et ton œil noir;

Ton regard effaré pliait sous la lumière ;

Ton cœur, gros de soupirs, cherchait à se rasseoir ;

Et deux larmes, tremblant encore à ta paupière,

Y jetaient leur éclat changeant et radieux,
Comme deux feux de perle au riche écrin des cieux!

Souviens-toi de ta nuit de crise et de détresse!
Le mal porte avec lui souvent sa guérison ;
Un naufrage est souvent un bien, si la sagesse
    Sait en tirer une leçon.

Calme ce flot brûlant qui bouillonne et pétille,
Ce vif-argent qui court et qu'on ne peut saisir;
Dans ton lit, doucement, reste, ma bonne fille,
    Reste, pour me faire plaisir!

4.

ENFANTINE V.

Enfant! toutes les créatures
Auront des sourires pour vous;
Toutes les sources seront pures,
Et tous les hommes seront doux.

L'eau des marais sera limpide
Si vous y trempez votre main;
Si vous pleurez sur un nid vide,
L'amour le peuplera demain.

Victor de Laprade.

ENFANTINE V.

_____

Les petits Barbouillés.

Felix, qui a se abdicat quidquid conscientiam
suam maculare potest vel gravare.

Heureux qui rejette loin de soi tout ce qui peut
faire tache ou charge sur la conscience.

IMITATION DE JÉSUS-CHRIST.

Quand on pense qu'un jour ce front pur, cette bouche
Si fraîche encor qu'à peine un sourire la touche,
Changeront de couleur !

Mme MENNESSIER NODIER.

Laissez-les près de moi ! Leur visage lutin,

Dont le rouge ou le noir ont barbouillé le teint,

Sourit à mon esprit. Laissez-les ! quoi qu'on fasse,

L'enfance est toujours là : c'est-à-dire la grâce.

Celui-ci, dans sa marche encor mal assuré,

Sénateur jusqu'au cou de sa toge entouré,

Sur les débris d'un œuf levant sa tête d'ange ,

Montre un nez indiscret doré comme une orange.

Celui-là, général aux regards plus ardents,

D'une large tartine armé jusques aux dents,

Y mord, comme un guerrier dévorant sa rondache,

Et se fait sur la lèvre une triple moustache.

Cet autre, vers les arts poussé dès le berceau,

A pris du maître absent les couleurs, le pinceau,

Et, brossant à la fois la toile et son visage,

S'est tatoué le front comme un grand chef osage.

Et ce dernier, enfin, surpris, en étourneau,

Dans sa noire cachette, au fin-fond du fourneau,

Sort, confus des éclats de rire qu'il essuie,

Négrillon illustré de charbon et de suie.

Laissez-les près de moi! J'aime à les voir ainsi!

Orangé, tartiné, peint à l'huile ou noirci,

J'aime à voir scintiller, sous la burlesque couche,

L'éclair malin qui sort du sillon de sa bouche!

Puis, si je veux, je prends une éponge, et soudain,

Comme sur une toile, objet d'un long dédain,

On a vu, sous le doigt qui lui rend la lumière,

Un Guide, un Raphaël sortir de la poussière :

De même, sous ma main, je vois, de traits en traits,

Revenir les amours, poindre un sang jeune et frais;

Et, lorsqu'enfin le rose avec le blanc s'y joue,
Je pose un gros baiser sur l'une et l'autre joue.

✤

Age heureux! A bien faire âge facile et prompt!
Où rien ne fait souillure au cœur, non plus qu'au front!
Une goutte d'eau fraîche, un rayon de lumière,
Un souffle... et tout revient à sa blancheur première!

ENFANTINE VI.

L'intrépide Cébès, penché sur notre ami,
Rappelant dans ses yeux l'âme qui s'évapore,
Jusqu'au bord du trépas l'interrogeait encore :
« — Dors-tu ? lui disait-il, la mort est-ce un sommeil ? »
Il recueillit sa force, et dit : « — C'est un réveil ! »

LAMARTINE.

ENFANTINE VI.

Les Fils croisés.

> Le fil dont dépend ma vie
> Est semblable à cestuy-ci.
> L'un est fresle, et l'autre aussi.
>
> PASSERAT.

> Sans redouter cette ombre fugitive,
> Qu'aperçoit seule une mère craintive,
> Il rit, bercé d'ignorance et d'espoir;
> Son beau matin ne prévoit point de soir.
>
> Mme AMABLE TASTU.

I.

Frère et sœur, ils s'en vont se tenant par la main :

En flots bruns et dorés leurs longs cheveux s'enlacent;

Pour les voir, s'arrêtant dans l'air, en son chemin,
Le vent dit à l'oiseau : — « Les beaux enfants qui passent ! »

Quand viendra la saison où l'on joue au cerceau,
La sœur aura cinq ans : cinq ans aux jeunes filles,
C'est le bourgeon déjà qui point sur l'arbrisseau.
Le frère en aura six, vienne le temps des billes.

En ce moment, rieurs, attentifs à la fois,
Prenant et reprenant, en ses mille caprices,
Un long fil qui se croise autour de leurs dix doigts,
Que font-ils, les enfants aux naïfs artifices ?

Du destin veulent-ils surprendre les secrets ?
Au fil mystérieux où leur regard s'attache
Veulent-ils demander qu'en ses tours indiscrets
Il dévoile le sort que l'avenir leur cache ?

Mon Dieu, non ! Les enfants s'agiter pour si peu !

Ils suivent de ce fil les figures changeantes,

Riant à chaque trait ; ce long fil est un jeu.

La sœur l'ouvre, et, formant quelques lignes savantes,

D'une voix qui commence, elle dit : — « Le berceau ! »

Le berceau ! c'est le point de départ du voyage,

Le nid du rossignol, la source du ruisseau,

L'esquif que le zéphyr détache du rivage :

Où mènera l'esquif ? où volera l'oiseau ?

Où la source...

II.

A la sœur le frère s'associe

Et, la manœuvre faite, il annonce : — « La scie ! »

5.

Bien trouvé, mon garçon! c'est ici le travail.
Au sortir du berceau suis sa trace féconde.
Il vient chargé de fleurs, de fruits, d'or et d'émail,
Harmonieux et gai, versant la paix au monde!

III.

De ce quatrain l'enfant paraît fort peu touché.
Mais quoi! scie ou travail, l'image les amuse.
Longtemps, allant, venant, le fil tiré, lâché,
Crie, et son corps soyeux déjà faiblit et s'use.

A l'œuvre, jeune fille! à ton tour! — « Le miroir! »

Le miroir! Quoi, déjà de la coquetterie?

L'eau courante suffit à l'étoile du soir,

Aux nuages du ciel, aux fleurs de la prairie :

Nuage, étoile ou fleurs sont pourtant beaux à voir !

Prenons vite autre chose.

IV.

Ici, quelque aventure

Retarde, en ses débuts, la nouvelle figure.

Le fil, mal pris, se noue : il faut recommencer.

Autre accident, il casse... Et toujours repasser

Par le même chemin, chemin inévitable :

Berceau, travail, miroir !..

— « Enfin, le sablier ! »

S'est écrié l'enfant.

Le temps inexorable !
Il est là , toujours là , sans jamais s'oublier.

A chaque grain qui tombe attache une pensée ,
Un sentiment, une œuvre, un souvenir pieux,
Sur quelque cœur saignant une larme versée,
Un sourire d'amour, un élan vers les cieux !
Malheur ! si tu t'endors, et si le sable aride,
En mesurant tes jours, a coulé dans le vide !

V.

Ce jeu n'est point frivole, et me voilà pensif ;
Me voilà de la vie explorant chaque plage,
Sondant la profondeur du flot et du rescif ;
Tandis que sur les traits d'une nouvelle image
S'épuise des enfants le génie expressif.

—« Qu'y vois-tu ? dit la sœur. — Ma foi, rien, dit le frère,

« Et toi ?— Moi, peu de chose.— Encor ? regarde bien !

—« Quelques lignes en croix,.. comme un cadre ,... une pierre ?

—« Une dalle d'église ?...— Ou.... Décidément rien.

—« Demandons ! »

Rien, enfants ! souriez à ce long fil de soie !

C'est si bon de vous voir sourire ! En ses détours

Longtemps encor voyez un plaisir, une joie !

Ce que j'ai dit au vent, qu'il l'emporte en son cours !

Ce symbole dernier que votre main déploie,...

Jouez sans le connaître, enfants, jouez toujours !

Pourquoi sur un beau ciel étendre le nuage?

Pourquoi du fruit vermeil effleurer la couleur?

Pourquoi d'un jeu d'enfant faire un sombre présage?

Pourquoi montrer l'épine avant même la fleur?

Et voilà que ces vers déjà je les regrette;

Déjà l'âtre a reçu leurs nombres imparfaits,

Déjà la flamme approche : une chose m'arrête,

C'est le maître inconnu sous lequel ils sont faits. *

---

* L'auteur a reçu dans sa petite famille les leçons nécessaires
pour la manœuvre de ses fils.

Comment suivre d'un fil tant de métamorphoses ?

Je disais : « une fois redevenons acteur ! »

Deux blanches mains m'aidaient, et, mutines et roses,

Deux lèvres murmuraient : « Oh ! le grave docteur ! »

Ainsi les douze enfants et la femme d'Albane

Ont peuplé de l'artiste et l'Olympe et le ciel;

Ainsi Fornarina, modèle un peu profane,

S'envole au Vatican, Vierge de Raphaël.

ENFANTINE VII.

N'estre trop resjouy de chose qui arrive,
　　Ny trop despit aussi,
Rend l'homme heureux, et fait encor qu'il vive
　　Sans peur ne sans souci.

　　　　　　　RONSARD.

ENFANTINE VII.

L'Enfant de l'Aveugle.

Jour per aoutres, toutjour! et per jou, malhurouzo,
Toutjour nèy, toutjour nèy!
Jour pour les autres, toujours! et pour moi, ma -
heureuse, toujours nuit, toujours nuit!
JASMIN, d'Agen.

Peut-être est-ce bientôt mon tour!
ANDRÉ CHÉNIER.

Pâle petite fille! une larme secrète

Me vient à la paupière et, pensif, je m'arrête

Quand je te vois passer, pâle fille aux yeux purs,
Qui te tiens à l'aveugle allant le long des murs !

Un aveugle, un enfant tout frêle, un chien en laisse,
L'un menant l'autre ils vont, trinité de faiblesse !

Et jamais ne courir ! même au jour du Seigneur
Ne s'ébattre jamais dans un cercle rieur !

Pour rire, pour jouer, âme qui se dévoue,
(Car enfin il faut bien quelquefois que l'on joue),
Pour rire, pour jouer, chère âme, tu n'as rien
Que tes deux compagnons, ou l'aveugle , ou son chien .

Je vous voyais, un jour, par un soleil d'automne :
Vous preniez votre part des rayons qu'il nous donne,
Sous un arbre, tous trois, en un groupe, au repos.

Un repas terminé; l'aveugle assis, dispos;
Le chien en rond, dormeur prêt à faire la sieste;
Toi, sur tes deux genoux, aux aguets, vive et leste,
Tu te cachais, joueuse, aux flancs du bon vieillard :
Sans course ni bandeau, c'était colin-maillard.

Pour te saisir, à droite, à gauche, avant, arrière,
De sa place il lançait sa main aventurière :
Habile à t'esquiver, tu glissais dans ses doigts,
Menaçant, occupant tous les points à la fois;

Et lorsqu'enfin, plus prompt, il avait su te prendre,
Vous riiez!... et c'était plaisir de vous entendre,

Pauvres gens! qui trouviez, du soir même incertains,

Un jeu pour t'amuser, dans ces deux yeux éteints!

Et, debout, je rêvais à votre insouciance ;

A la nature humaine ; à cette confiance,

A ce bienfait du ciel qui nous versent l'oubli ;

Puis, d'idée en idée, emporté dans ce pli,

J'en vins au souvenir de notre grande histoire :

Je songeais à ces jours de sanglante mémoire

Ou du poète saint le génie inspiré

Lançait à ses bourreaux un ïambe acéré ;

A ces moutons bêlants dans cette bergerie,

A ces étranges jeux de la conciergerie,

Au bal qui vint plus tard !...

Et j'admirais comment,

Sur un souffle dans l'air, sur le jet d'un moment,

Le même homme qui pleure et qui se désespère,

Rit et fait un hochet de sa propre misère.

ENFANTINE VIII.

Il n'est rien ici-bas qui ne trouve sa pente.
Le fleuve jusqu'aux mers dans les plaines serpente;
L'abeille sait la fleur qui recèle le miel.
Toute aile vers son but incessamment retombe :
L'aigle vole au soleil, le vautour à la tombe,
L'hirondelle au printemps, et la prière au ciel !

VICTOR HUGO.

ENFANTINE VIII.

— -

La Prière.

Es war eine Zeit, wo ich nicht schlafen konnte, wenn
ich mein Nachtgebet vergessen hatte.

Il fut un temps où je ne pouvais dormir quand j'avais
oublié de faire ma prière du soir.

SCHILLER.

Fais, en priant, le tour des misères du monde !

VICTOR HUGO.

Une femme est assise : à genoux devant elle

Un enfant que sa robe enferme dans ses plis.

Voyez ces blonds cheveux, cette douce prunelle,
     Et ces petits traits recueillis !

Il sort de son berceau pour dire sa prière ;
Tel que le plus joli de ces anges pieux
Que le pinceau du peintre, en des flots de lumière,
     Nous montre groupés dans les cieux.

Il commence : au hasard lève une main timide ;
Mais la bonne maman corrigeant son erreur,
Et portant vers son front sa droite qu'elle guide,
     Trace le signe rédempteur.

Car la main qui repose ou celle qu'on entraîne
Aux yeux de l'innocent ne diffèrent en rien ;
Pas plus qu'à son esprit l'opulence ou la gêne,
     Pas plus que le mal ou le bien. .

Ses petits doigts unis et posés sur sa mère,

Sur les yeux maternels ses deux yeux arrêtés,

Il écoute, et redit de la sainte prière

    Les mots tour à tour répétés.

Il redit ; mais bientôt son jeune esprit se lasse :

Alors son œil parcourt les vases de cristal,

Ou suit le balancier qui, doublé par la glace,

    Décrit son arc toujours égal ;

Et la bonne maman bien vite le ramène,

Et, répétant le mot qu'il n'avait pas fini,

Reporte ses regards au crucifix d'ébène

    Entouré d'un rameau béni.

Alors ses doigts distraits, près du coussin de soie,

Cherchent, en se jouant, le mobile flocon,

Qui, captif comme lui, se dégage, et tournoie

    En se roulant sur son cordon.

Et la bonne maman, s'interrompant à peine

Pour joindre à la prière un reproche bien doux,

Prend ses doigts fugitifs, lentement les ramène,

    Et les croise sur ses genoux.

Bonne mère! votre âme est indulgente et pure,

Vous aimez cet enfant commis à vos leçons;

Mais pourquoi vers son Dieu la jeune créature

    N'exhale-t-elle que des sons?

Car ce qu'il dit n'est rien, qu'un soufffe qui s'envole

En imprimant à l'air un léger mouvement.

Prier, ce n'est point rendre une vaine parole,

    La prière est un sentiment!

Qu'il sache que, dans tout, le Seigneur est le maître,

Que la voix des enfants lui parvient en tout lieu ;

Et les vœux qu'en son cœur chaque matin fait naître,

    Qu'il les adresse vers son Dieu.

Soit qu'il veuille les jours de sa mère malade,

Du père, absent au loin, le retour imprévu,

Un beau soleil luisant pendant sa promenade,

    Ou le grand sabre qu'il a vu.

Enfant, tous ses désirs, purs comme une prière,

Dans leur grâce naïve il peut les dévoiler;

L'homme viendra bientôt : ces pensers qu'il faut taire,

Et ces vœux qu'à soi-même on craint de révéler !

ENFANTINE IX

7.

O mes chers papillons, autrefois mon trésor,
Doux et frais souvenirs de mes jeunes années,
Voilà plus de quinze ans que vos ailes fanées
Dorment dans une boîte et n'ont pris leur essor !

JULES LACROIX.

ENFANTINE IX.

Jeune Fille et Papillon,

RIVALITÉ.

Les fleurs se fanent, elles passent; vient un jour où
ni la rosée ne les rafraîchit, ni la lumière ne les
colore plus. Il n'y a sur la terre que la vertu qui
jamais ne se fane ni ne passe.
> LAMENNAIS.

Tu pourras devenir belle à t'en rendre vaine,
Être une grande dame, être duchesse, reine!...
Mais plus jamais enfant!
> Mme ANAIS SÉGALAS.

« De ton corps s'élancent quatre ailes,

« Si belles! si belles! si belles!

« Le vent t'emporte dans ses bras ;

« Et plus vite que mes paroles,

« Tu voles, tu voles, tu voles :

« N'importe !... Je ne te crains pas !

« A courir, papillon, souffle d'air qui prend vie,

        « Je te défie !

« Vois ce champ fleuronner, bien loin.... j'y serai, moi,

        « Plus tôt que toi !

« Courtisan de nos fleurs nouvelles,

« Si belles ! si belles ! si belles !

« Tu prends leur miel, puis tu t'en vas.

« Faisant le beau sur cent corolles,

« Tu voles, tu voles, tu voles :

« N'importe !... Je ne te crains pas !

« Au butin, papillon, caprice qui prend vie,

« Je te défie !

« Vois ces fleurs rayonner .... je veux en avoir, moi,

« Bien plus que toi !

« Au ciel où la flamme étincelle

« Si belle ! si belle ! si belle !

« Tu portes même tes ébats.

« La flèche a des ailes moins promptes,

« Tu montes, tu montes, tu montes :

« N'importe !... Je ne te crains pas !

« En ton vol, papillon, rayon d'or qui prend vie,

    « Je te défie!

« Vois cet arbre ondoyer .... je veux y monter, moi,

    « Plus haut que toi ! »

       ⁂

Défie, enfant, défie, hélas pendant qu'il brille

    Ce fils de l'air qui n'a qu'un jour !

Ce fils de l'air, si beau, c'est l'espoir qui scintille,

    C'est la jeunesse, c'est l'amour,

L'amitié, le bonheur,... c'est toi, ma pauvre fille !

    C'est tout, ici-bas,... pour un jour !

      ~~~~

ENFANTINE X.

Je le sais, votre part sans doute est la meilleure ;
Mon esprit dort encor, le vôtre eut son réveil :
Cette vie est mauvaise.... et pourtant je vous pleure,
Vous qui ne verrez plus les fleurs ni le soleil !

VICTOR DE LAPRADE,

ENFANTINE X.

Le gué du Ruisseau.

« J'ai fait mon devoir jusqu'ici et je le ferai
« jusqu'au bout. »

LAURENT LEDEAU, avocat.

Toulon, 8 juillet 1835, pendant le choléra. — A
l'hospice civil dont il avait pris la direction. —
Mort vingt-quatre heures après.

N'y eût-il que l'amitié sur la terre, l'homme
n'aurait pas le droit de se plaindre.

GEORGE SAND.

Quand nous faisions aux champs nos courses enfantines,

Villageois échappés du giron maternel ;

8

Prenant des fleurs aux prés, des mûres aux épines,
   Au bois de l'ombre, et de la joie au ciel ;

Il était notre aîné. Pionnier, capitaine,
Sapeur chargé de dire et d'ouvrir le chemin,
Dès qu'il voyait faiblir mon allure incertaine,
   Il accourait me prendre par la main.

Si, devant nous, bordé d'osiers et de vieux saules,
S'opposait le ruisseau : trempé jusqu'au genou,
Les souliers sous son bras, et moi sur ses épaules,
   De mes deux mains se faisant un licou,

Il me passait à gué. Cavalier et monture,
Nous allions, chancelant à l'endroit périlleux ;
L'eau gagnait, j'étais lourd ; enfin, par aventure,
   Au beau milieu nous tombions tous les deux.

Mais l'oiseau du bon Dieu, tout mouillé par l'orage,

Sur un rameau se pose, au beau soleil brillant;

Brin par brin il essuie, il lustre son plumage,

    Puis, essoré, s'envole en gazouillant;

Ainsi faisais-je. — Au soir, quand l'ombre plus épaisse

Effaçait les sentiers où nous marchions bien las,

Il voyait pour nous deux, et, fort pour ma faiblesse,

    Il me montrait où poser chaque pas.

Aujourd'hui, pionnier d'une sphère inconnue,

Est-il monté là haut préparer le chemin?

Irai-je le rejoindre, et, pour ma bienvenue,

Accourra-t-il encor me prendre par la main?

ENFANTINE XI.

8.

Es cosa de gran locura
Fundar torres en el viento,
Y sobre flaco cimiento
Edificar grande altura.

C'est chose grandement folle de bâtir des tours dans le vent, et sur une base fragile d'édifier une grande hauteur.

ROMANCEROS ESPAGNOLS.

ENFANTINE XI.

Le Château dans le Torrent.

There is not of that castle gate,
Its drawbridge and portcullis' weight,
Stone, bar, moat, bridge, or barrier left.

*De ce château, de sa porte, de son pont-
levis et de sa herse pesante, pierre,
barre, fossé, pont ni barrière ne sont
restés.*

BYRON.

Mais presque chaque nom, sans avoir retenti,
Soulève un peu d'écume et retombe englouti.

Mme Louise Colet.

Que nous avons construit, un jour, un beau château !

Un jour ! ce fut, vraiment, l'œuvre d'une semaine

C'était aux temps heureux que septembre ramène :
Faux, serpette, faucille, et corbeille et rateau
Ont enlevé partout la richesse qui gêne ;
Rien à gâter aux champs ; plus de cet écriteau
DÉFENSE DE PASSER ; on ouvre la volière
Aux pigeons, et la classe à la foule écolière ;
C'est plaisir !

          Nous étions au village, et voici
Que, jeune essaim porté par là, puis par ici,
Nous nous mîmes à suivre, allant, cherchant fortune,
Un torrent qui serpente, à sec, dans la commune.

Des rochers, des cailloux, du sable, du galet,
Pas une goutte d'eau !.. Je me trompe : un filet,
Que du buisson voisin, lorsqu'il s'y désaltère,
Épuise, dans sa soif, le frêle roitelet.
— On appelle cela, chez nous, une rivière.

Nous suivions la rivière : un de nous, s'arrêtant,

Dit : « Si nous bâtissions un pont, une chapelle,

« Un palais, quelque chose enfin ! la place est belle,

« La pierre est sous la main, le sable nous attend,

« Bâtissons ! »—« Adopté ! »—Chacun se met à l'œuvre,

Ingénieur, maçon, charpentier ou manœuvre.

Au milieu du torrent l'édifice est assis

Peut-être oublia-t-on les fondements : n'importe !

Il avait quatre murs, sa façade, sa porte,

Dix fenêtres d'aspect, fenêtres sans châssis

Ni volets ; mais deux tours, masse aristocratique,

Élevaient sur ses flancs leur couronne de brique.

Aussi, dans notre orgueil, devant, sur un poteau,

Nous avons hardiment écrit : « C'est un château ! »

Nous y mîmes sept jours; mais sept jours sans relâche,
Comme des ouvriers travaillant à la tâche;
Invisibles chez nous, ne demandant plus rien
Qu'un baiser le matin et le pain quotidien.

Mais quand, sur des bâtons inclinés en toiture,
Un plat de porcelaine eut fait sa couverture,
Que sous l'ocre, avec art, son teint se fut jauni,
Que nous pûmes, enfin, crier : « Il est fini ! »

Alors, battant des mains, ivre de notre ouvrage,
Dans la haie où fleurit le grenadier sauvage
Je m'élance, j'arrache un rameau verdoyant,
Et je lui mets au front un panache ondoyant.

La nuit on en rêva : les murs, les tours, le dôme
Scintillaient au soleil : rêve trompeur, fantôme !

Ces torrents desséchés qui courent au midi,

Ces grands chemins poudreux : sous un ciel alourdi,

L'orage, quand il sort de sa noire demeure,

Les change en large fleuve, en un jour, dans une heure.

On voit, du haut du mont, descendre gravement

La masse qui se meut et s'accroît lentement;

Puis elle part.... sa fougue à peine est contenue,

Et l'on se dit au loin : « La rivière est venue ! »

La rivière est venue, enfant ! et le sommeil

Agite à ton chevet son plus riant mensonge ;

Et ton si beau château, ton beau palais vermeil,

Sous les flots disparu, déjà n'est plus qu'un songe !

Le soleil redora le ciel ; l'onde eut son cours ;

Le lit lavé, séché, poudroyait ; douze jours

A peine étaient passés ; nous cherchions.... nul vestige
Ne révélait la place où fut notre prodige.
Un paysan s'approcha de nous :

— « Petit ou grand ,
« Il ne faut pas, dit-il, bâtir dans le torrent. »

Cependant, que sait-on ?... C'est une chose triste
Que notre cœur humain ! nulle ardeur ne résiste
(Et peu d'amours, hélas !) à l'user. Le plaisir
Ne gît pas dans l'avoir, il gît dans le désir.

Ce château désiré, regretté, ce domaine
Œuvre de nos sueurs, peut-être une semaine

Eût amassé sur lui la froideur, le dégoût ;

Il nous eût fatigués de rester là , debout ;

Et le battant en brèche à grosse artillerie ,

Nous l'aurions saccagé plus que l'onde en furie.

Au contraire , il est là ! Ses tours , et son poteau ,

Et sa porte , et son toit nous font encor sourire ;

Et nous avons plaisir, orgueil encore , à dire :

« Que nous avons construit, un jour, un beau château ! »

ENFANTINE XII.

Qui t'a, dy moi, faux garçon,
Blessé de telle façon?
Sont-ce mes Graces riantes
De leurs aiguilles poignantes?

Nenny; c'est un serpenteau,
Qui vole au printems nouveau
Avecque deux ailerettes,
Çà et là sur les fleurettes.

RONSARD.

ENFANTINE XII.

Épine, Guêpe ou Abeille.

Qui legitis flores et humi nascentia fraga,
Frigidus, ô pueri, fugite hinc, latet anguis in herb .
Vous qui cueillez les fleurs et les fraises nais-
santes à terre, un froid serpent (fuyez de là!
enfants!) est caché dans l'herbe.

VIRGILE

Monsieur Cobweb, good monsieur, get your weapons
in your hand, and kill me a redhipt humble-bee on
the top of a thistle.
Monsieur Toile-d'Araignée, mon bon monsieur,
prenez en main vos armes, et tuez-moi cette
abeille aux cuisses rouges, sur la tête de ce
chardon.

SHAKESPEARE.

Toi qui, comme un oiseau, vas picotant les mûres,

Dans la haie, au bord du chemin,

9.

Enfant, prends garde aux dards aigus, dont les blessures
        Sur la tige attendent ta main !

Prends garde à ta rivale, à la guêpe ennemie,
        Dont la maison pend sous le fruit;
Prends garde à l'aiguillon de l'abeille endormie,
        Qui se réveille au moindre bruit !

De peur qu'il ne te faille accourir à ta mère,
        En pleurs, montrant tes petits doigts
Du sang des fruits, du tien, et d'une larme amère
        Barbouillés, rougis à la fois;

Et de peur, qu'apaisant tes soupirs à grand'peine,
        Arrachant l'aiguillon fatal,
Elle ne puisse, hélas ! de sa magique haleine,
Même en soufflant dessus, faire en aller ton mal !

III

Comme l'enfant, que l'homme veille
Sur la haie où va le désir!
L'épine, la guêpe ou l'abeille
Toujours sont auprès du plaisir.

ENFANTINE XIII.

Cependant les enfants, hier, vinrent crier
Que le chevreau mordait aux feuilles du mûrier.
L'émotion fut grande, on courut à la bête;
Mais il bondit trois fois des pieds et de la tête,
Et dans la grande allée, entre les deux jasmins,
Un tout petit enfant tomba sur ses deux mains.

ADOLPHE DUMAS.

ENFANTINE XIII.

Le Nourrisson de la Chèvre.

Vois comme je suis grand, vois comme je suis beau !
Hier je me suis mis auprès de mon chevreau.
Par Pollux et Minerve ! il ne pouvait qu'à peine
Faire arriver sa tête au niveau de la mienne.

ANDRÉ CHÉNIER.

Quo semel est imbuta recens, servabit odorem
Testa diu.

*L'odeur dont une seule fois il aura été im-
préqné dès son premier service, le vase la
conservera longtemps.*

HORACE.

Ta prunelle est d'azur, enfant ! mais scintillante ;

Ton front naïf est fier ; ta marche pétulante

Et molle cependant ; ton pied capricieux
S'échappe en mouvements subits mais gracieux.

Comme une bulle d'air que le vent a saisie,
S'envole ton esprit, fils de la fantaisie.
D'un bond tu fuis la main prête à te caresser,
Et d'un bond tu reviens contre elle te presser.

Pour l'or de nos genêts, pour le bleu des pervenches,
Aux angles des rochers tu cours et tu te penches.
L'amertume te plaît aux cytises fleuris,
Le miel aux carroubiers, le sel au tamaris.

Quand, lassé de jouer, tu dors : sur ton oreille
Le moindre vent qui passe en sursaut te réveille.
Tu guettes les oiseaux, les mouches du buisson ;
Tu poursuis une feuille, un souffle d'air, un son.

De tes petits courroux l'alouette étonnée

Rit là-haut : belliqueux et la tête inclinée

Quand tu frappes le vide ou quelque goutte d'eau,

Prompt à cosser du front comme un jeune chevreau.

On dit qu'à peine né, sous ta lèvre chérie

La coupe où tu puisais tout à coup fut tarie ;

Que ta mère en pleurait, et qu'une chèvre alors

De son lait parfumé te versa les trésors ;

Que souvent on portait à l'ombre des platanes

Ton berceau tout paré de fleurs et de lianes.

Ta nourrice, à l'entour, pâturait au soleil ;

Puis, à tes pieds couchée, attendait ton réveil.

Au premier cri poussé, prompte à te satisfaire,

Elle oubliait pour toi sa tendresse de mère ;

Et ton frère de lait, le petit chevreau blanc,
Venait te disputer la mamelle en bêlant.

Mais enfin, à son tour, lorsqu'à la même source
Il avait pris sa part; quand, déjà, pour la course
Il agitait, captif, ses petits pieds nerveux,
Sur le pré verdoyant on vous posait tous deux.

Toi, mollement assis, lui, tourmentant l'espace,
S'éloignant, revenant, bondissant avec grâce.
Ton regard fasciné suivait tous ses ébats;
Tu trépignais sur l'herbe et lui tendais les bras.

Ainsi des jeunes ans l'ineffaçable moule,
Ainsi dans notre esprit le premier flot qui coule,

La touche qui nous frappe imprévue et sans art,

Le premier compagnon donné par le hasard,

Pour la vie à venir façonnent notre argile.

Heureux encore! enfant au caprice fragile,

Toi qui n'eus pour modèle, autour de ton berceau,

Qu'une chèvre innocente et l'innocent chevreau!

ENFANTINE XIV.

O mes frères! voyez les pauvres hirondelles
Sur l'aile du printemps revenir vers nos cieux!
Voyez combien d'amour ces doux oiseaux contiennent,
Pour que sur l'Océan ensemble ils se soutiennent
    Quand la tempête fond sur eux.

                CHARLES PONCY, de Toulon.

ENFANTINE XIV.

Le Jeu de la Corde.

I

Le tems s'en va, le tems s'en va ma dame :
Las! le tems non, mais nous nous en allons.

RONSARD.

II.

Who can enjoy alone,
Or all enjoying, what contentment find ?

*Seul, qui peut jouir; ou, jouissant de tout ,
quel contentement trouver?*

MILTON.

III.

Il ne faut qu'un peu de fumée
Pour noircir tou'e la maison.

RONSARD.

I.

Jeune fille! on s'arrête à te voir lorsqu'agile,

Tu te fais d'une corde une arcade mobile

Qui, par coups redoublés, tourne et, sifflant dans l'air,

De ta tête à tes pieds passe comme l'éclair;

Ou bien lorsque croisant les deux bras avec grâce,

Ouvrant et refermant le cercle qui t'embrasse,

Tu sembles te jouer en ses mille détours,

Et, sans marquer ton pas sur le sable, tu cours.

Le tout petit enfant, émule encor novice,

S'agite, à ce spectacle, auprès de sa nourrice;

Et, d'un pied chancelant, d'une impuissante main,

Il fait, pour t'imiter, un simulacre vain.

✻

Moi, je me dis : Hélas! cette corde qui passe,

Comme le balancier qui se meut dans l'espace,

Comme le flot qui coule et le rayon qui luit,

C'est le temps qui s'en va, c'est le plaisir qui fuit !

II.

Seule à sauter ! Bientôt l'ardeur s'est ralentie.

Seule ! si l'on pouvait lier une partie ;

Sur un champ agrandi changeant l'arcade en pont,

S'élever, retomber, plusieurs d'un même bond !

Mais vous n'êtes que deux ! Un jeune arbre propice

D'un troisième partner veut bien faire l'office.

La corde à sa ceinture est liée, et, debout,

Vis-à-vis, ta compagne agitant l'autre bout,

Le jeu commence enfin. Mais voyez la misère !

Cet arbre est immobile ; il reste à ne rien faire.

Tout va mal ; il y faut renoncer désormais !
Et ton dépit s'en prend à lui qui n'en peut mais.

꙰

Moi je me dis : Le jeu, de la vie est l'image !
Aux jours de beau soleil ainsi qu'aux jours d'orage,
Enfant qui court, vieillard qui demande un soutien,
Plaisir comme travail : seul, l'homme ne peut rien !

III.

Voici que sautelant, voletant, leste et vive,
Toute une bande accourt, tout un essaim arrive.
On s'embrasse, on se compte, on s'installe avec feu,
Et les passants font cercle autour de votre jeu.

C'est plaisir de vous voir, dans vos ruses de guerre,
Quand la corde, en tournant, touche et quitte la terre,
Entrer, sortir, ou, trait plus difficile encor,
Rapides, traverser la ligne en un essor :
Sans que l'arc, sous lequel votre pied se dérobe,
Effleure vos cheveux ou le pan d'une robe !

C'est plaisir de vous voir, par un élan soudain,
Monter toutes ensemble en vous donnant la main,
Puis toutes redescendre : ainsi que sur les lames,
Aux deux flancs de la yole, un double rang de rames;
Ou comme l'équipage, officiers, matelots,
En mer, monte et descend, bercé des mêmes flots !

Mais que, dans cet accord, actrice mal habile,
Une seule, entre vous, se jette dans la file :
Sous son pied qui retombe ou trop tôt ou trop tard,
Dans sa robe, à son bras qui s'avance en écart,

La corde, à chaque tour, s'arrête, s'embarrasse ;

Et si de ses essais elle ne vous fait grâce,

Dans sa marche pénible, en incessants efforts

Le jeu brisé, se meurt.

Moi. je me dis alors.

Un seul anneau rompu, la chaîne est désunie,

Un seul gosier discord déchire l'harmonie ;

Pour se mettre en chemin ensemble, il faut choisir ;

Il faut, pour le travail comme pour le plaisir,

Que l'on soit difficile, et que l'on apprécie

Lentement, au creuset, à qui l'on s'associe.

ENFANTINE XV.

11

Je vis que dans la nuit où notre esprit se plonge
Tout était vanité, déception, mensonge!
Que sur l'éternité Dieu seul était debout,
Et qu'excepté de lui.... l'on doit douter de tout.

ALEXANDRE DUMAS.

ENFANTINE XV.

Feuilles et Enfants.

TOURBILLON.

Et puis, qui sait? votre ange, enfant, vous garde-t-il
Des palais et des bals, ou l'ombre d'un exil?
Qui peut savoir?
ÉMILE DESCHAMPS.

Et c'est là du talent l'utile renommée!
Le but des longs espoirs de l'orgueil décevant!
Le produit d'une vie éteinte et consumée
A cribler l'onde pure, à fixer la fumée,
A poursuivre l'ombre et le vent!
CHARLES NODIER.

Tourne! tourne toujours! tourne tes mille rondes,

De feuilles et d'enfants rapide tourbillon!

Souffle d'air, vol d'oiseaux, ailes de papillon,
Feuilles mortes et têtes blondes!

C'était un jour d'automne, un jour froid, nuageux,
Les enfants, au jardin, s'ébattaient dans leurs jeux,
Et les feuilles tombaient. Pensif à la fenêtre,
Moi, j'étais avec eux, de loin, sans les connaître :

Hardis petits bambins, filles, douces amours,
Cheveux noirs, cheveux blonds, œil de feu, de velours
Oisillons descendus, tous d'étage en étage
Comme de branche en branche, en mêlant leur ramage :

Et les feuilles, débris aux mourantes couleurs,

Que la dernière aurore avait mouillés de pleurs,

Du sommet à la base à tout arbre arrachées,

Jaunes, rouges, couvrant la terre par jonchées!

Au devant du jardin, en un coin, dans la cour,

Il était une place étroite où, tour à tour,

De sentier en sentier, ces feuilles agitées,

Comme au champ du repos, s'amassaient abritées.

La bise, tout à coup, dans le ciel assombri

Se lève, et se ruant sur ce dernier abri,

Les prend et les emporte et, sifflant avec elles,

Tournoie autour des murs, qu'elle bat de ses ailes.

Tantôt rasant la terre, et tantôt s'élevant,

Elles vont sans repos, sous le souffle du vent,

Semblables, dans leur course, à des âmes en peine

11.

Qu'un invisible esprit dans l'espace promène;
Ou, sur un champ de fleurs, comme un essaim ailé
Qui tourne en un grand cercle, au butin appelé.

Cependant, attirée à ce spectacle étrange,
S'élance des enfants la bruyante phalange;
Et dans le rond qui passe, eux-mêmes, pris, repris,
Courent, battant des mains et jetant de grands cris.

Tourne! tourne toujours! tourne tes mille rondes,
De feuilles et d'enfants rapide tourbillon!
Souffle d'air, vol d'oiseaux, ailes de papillon,
    Feuilles mortes et têtes blondes!

De leurs rires la cour joyeuse retentit;

Ils vont, poussant, poussés ; jusques au plus petit,

Traînard qui suit de loin, qui trébuche, s'obstine,

Et qu'abat, en passant, la rafale enfantine.

Ils poursuivent, hélas! ces feuilles en riant :

Et c'est leur vie à tous, vue à son orient!

C'est la course des jours, le tourbillon du monde;

C'est le souffle qui mène une incessante ronde

Où l'homme, haletant dans l'arène, a, pour prix

De la lutte qu'il livre..... une feuille, un débris!

ENFANTINE XVI.

La fumée aux longs flots, qui de vos toits s'élève,
Ne confond-elle pas, à l'approche des cieux,
Les flots blancs aux flots gris, et les flots noirs aux bleus?
Celle du haut palais, celle de la chaumière
Montent, et nulle au ciel n'arrive la première!

CHARLES PONCY, de Toulon.

ENFANTINE XVI.

Tous !

Les eaux du baptême coulent à flots pour tous les
enfants de ce monde.

JULES JANIN.

Anfin, un jour, ma may intro coumo uno fôlo :
Jàques! Jàques ! moun fil! bèno, bèno à l'escòlo!
— A l'escòlo! ma may, repetèry surprès;
Sèn bengut riches doun? — Paourot, y bas per rès.

Enfin , mà mère, un jour, entre comme une folle :
Jacques! Jacques! mon fils! viens, viens à
l'école! — A l'école! mère, repris-je surpris;
nous sommes devenus riches donc? — Pauvret,
tu y vas pour rien.

JASMIN, d'Agen.

Ce n'est pas seulement groupés, vivantes fleurs,

Dans le champ d'un tapis aux moelleuses couleurs ;

Ce n'est pas seulement s'ébattant, par volées,

En quelque beau jardin aux royales allées,

Où les arbres taillés s'alignent au cordeau,

Où le marbre, en bassin, tourne autour d'un jet d'eau ;

Ce n'est pas seulement sur des siéges commodes,

En un landeau, d'après le feuilleton des modes

Coquettement parés de soie ou de velours,

Que j'aime à regarder les enfants, mes amours.

Combien de fois au seuil d'une ferme rustique,

Par les champs, par la rue, à l'abri d'un portique,

Sur le pas d'une échoppe, autour d'un établi

Ne suis-je pas resté, debout, en long oubli,

Contemplant, l'œil rêveur, et la bouche captive.

Les tableaux ingénus de leur grâce native ?

Celui qui veut, marchant à peine sans appui,

Soulever un hoyau lourd et plus haut que lui ;

Celui qui court la vigne, et que les vendangeuses
Ont pris et barbouillé dans leurs rondes joyeuses ;

Celui qui suit son père armé de l'aiguillon,
Et, comme un roitelet, se perd dans le sillon :

Celui qui, quand sa mère a, des moissons naissantes,
Arraché, brin par brin, les herbes malfaisantes,
Assis sur la lisière, au milieu du monceau,
En tire des bouquets, or, azur et ponceau :
Pauvre innocent petit, âme candide et vraie,
Qui ne voit qu'une fleur dans la nielle ou l'ivraie !

Et celui qui, déjà du labeur apprenti,
Président affairé dès le matin sorti,
De son roseau gouverne un peuple au noir plumage,
Qui glousse autour de lui comme un aréopage.

12

J'aime aussi ce roulier qui va par le chemin,

En blouse, en bonnet bleu, son grand fouet à la main;

Ou ce petit soldat, en pantalon garance,

En bonnet de police, à l'œil plein d'assurance,

Qui suit le bataillon en allongeant le pas,

Ou qui, vers la caserne, à l'heure du repas,

Porteur d'une gamelle à l'oignon parfumée,

S'arrête à chaque coin pour flairer la fumée;

Et celui-ci, caché longtemps à mes pinceaux,

Qui sort un front rieur du milieu des copeaux?

Oh! je les aime tous! Dans sa grâce première

La nature prodigue à tous est bonne mère :

A tous elle a donné ce front épanoui,

Ce regard qui d'un rien est triste ou réjoui,

Cette main qui vous cherche, et ce bon petit rire,
Et cette âme à pétrir plus molle que la cire.

Ne gâtez point son œuvre ! Et puisqu'en un faisceau
Nous devons, passagers sur le même vaisseau,
De nos lots réunir l'inégale richesse,
Génie inspirateur, science, force, adresse :
Formez, suivant sa trempe et suivant sa vigueur,
Les bras à l'un, l'esprit à l'autre, à tous le cœur.

LIVRE DEUXIÈME.

ENFANTINE PREMIÈRE.

Salut, encor salut, ô mes flots, ô mes plages!
Vous dont j'avais gardé de si douces images,
Vous dont je nourrissais de si tristes regrets!
Votre aspect à mes yeux n'eut jamais tant de charmes.
Laisse-moi t'admirer de mes yeux pleins de larmes,
O mer! pourrai-je encor t'abandonner jamais?

JOSEPH AUTRAN, de Marseille.

LIVRE DEUXIÈME.

ENFANTINE PREMIÈRE.

Les Cigales.

I.

Ce fut d'eux que sortit alors la race des
cigales, qui ont reçu des Muses le privilége de n'avoir jamais besoin de
nourriture. Aussi chantent-elles sans
boire ni manger, depuis le moment de
leur naissance jusqu'au terme de leur
vie.

PLATON, dans *le Phèdre.*

Quand je naquis, autour de la blanche maison
Les cigales, en chœur, chantaient dans les grands chênes:

C'était au mois d'août, chaude et riche saison,

Où la campagne est d'or, où des gerbes prochaines

L'aire va se remplir. Les volets entr'ouverts,

Jusques à mon berceau, comme une onde qui glisse,

Laissaient venir leur voix. Attentive et novice,

Mon oreille s'ouvrait au bruit de leurs concerts.

Les cigales! Non pas celles de La Fontaine :

Insecte paresseux, esclave de sa faim ;

Qui subit lâchement les hivers, et se traîne

Au trou de la fourmi pour mendier son grain ;

Mais celles de Platon, mais celles du poëte ;

Mais celles que Socrate, au-dessus de sa tête,

Au bord de l'Ilissus écoutait discourir ;

Mais celles que la Muse a pris soin de nourrir ;

Pour quelques jours d'éclat, pour deux notes sacrées,

Vivant dix ans sous terre, obscures, ignorées ;

Dès que l'aile et les chants enfin leur sont venus,

Versant la mélodie au pauvre, aux inconnus ;

Bienveillantes à tous ; des choses de ce monde

Ne faisant point leur part ; quand la Muse féconde,

La Muse inspiratrice a ralenti ses feux,

S'en allant avec elle et retournant aux cieux.

Symbole de toute âme à l'art divin vouée !

Croyance des anciens ! Chaîne toujours nouée !

Ce que disait Platon, le vieux pâtre aujourd'hui

Aux mêmes bords en fleurs le redit comme lui :

« Que la cigale, libre et noble créature,

« Ne demande à la terre aucune nourriture ;

« Que jamais on ne vit au calice des fleurs,

« Dans le sucre des fruits, dans la rosée en pleurs,

« Aux perles de la pluie, au ruisseau qui murmure

« Sa trompe aller puiser ; que jamais ni ramure,

« Ni feuille , ni bourgeon ne souffrit de ses coups :

« Qu'à tout être vivant son voisinage est doux ;

« Que de l'homme et surtout du moissonneur amie ,

« Elle berce, à midi , sa fatigue endormie ,

« L'éveille quand vient l'heure où l'on retourne aux champs

« Et meurt quand sont finis la moisson et les chants. »

11.

N'es-tu pas un petit oiseau?
Mme DESBORDES VALMORE.

Les cigales ! Non pas celle qu'en mainte image ,

Sur le livre classique , à la première page ,

Un burin routinier tailla sans grand effort ;

La cigale du peuple et des enfants du Nord ;

Qu'ils ont tous adoptée!... et toi-même, ô Grandville !

Grillon à longue patte, ou sauterelle vile ,

Dans l'herbe chevauchant à grands coups d'éperon ,

Avec son aile en poche et ses cornes au front;

Mais la bonne et la vraie et la vive cigale,

Des oiseaux, des chanteurs, des poëtes rivale,

A laquelle il faut l'air, un soleil qui sourit,

Et les tièdes climats où l'olivier fleurit;

Qui part en déployant ses ailes transparentes,

S'abandonne aux baisers des brises odorantes,

Se joue, aux feux du ciel, dans un rayon doré,

Voit, sous elle, jaunir le champ, verdir le pré,

Cherche le front des bois, et, tour à tour, se pose

Sur l'orme séculaire ou dans les lauriers-rose.

III.

Qui a placé une lyre aux flancs de la
cigale? qui excite sa voix retentissante
sur les rameaux des arbres? qui lui
inspire, sous les brûlantes ardeurs du
soleil, ces chants harmonieux qui rem-
plissent toute la forêt et accompagnent
le voyageur de leur mélodie?

SAINT GRÉGOIRE de Nazianze.

Souvent, quand de solos leur gosier s'est lassé,

Que quelque chef d'orchestre en sifflant a passé,

Sur un arbre commun, pour un morceau d'ensemble,

Dans un ordre savant leur troupe se rassemble.

Aux rameaux élevés se placent les ténors;

Les basses, qu'un caprice a faits minces de corps,

De taille plus petite et d'ailes plus légères,

S'installent, près du tronc, sur les branches dernières,
Et c'est alors un vif, un long soupir d'amour,
Qui croît, meurt, se ranime et remeurt tour à tour.

Ainsi leur bande ailée, aux foires de village,
Vient sur l'ormeau public égayer le feuillage;
C'est à leur bruit naïf que les marchés se font :
Heureux les villageois!

                    Si quelqu'un me répond
Que ce chant prétendu, ce concert des cigales,
S'enflant et s'éteignant sur des notes égales,
Assourdit; qu'on serait tenté, pour en finir,
De leur jeter la pierre et de les faire fuir,
Je le plaindrai! Le son meurt stérile à l'oreille
Quand nul écho secret dans l'âme ne s'éveille.

IV.

Qu'as tu fait si longtemps ? Tu n'as pas dans leurs nids
Sous la mère enlevé les petits réunis !

SAINTE-BEUVE.

Elles avaient, en chœur, salué mon berceau ;
Et moi, dès que je pus sur le jeune arbrisseau,
A petits pas, sans bruit, courbé, la face ardente,
Brusquement sous ma main saisir quelque imprudente,
Ingrat ! je leur livrai la guerre sans pitié !

Plus alertes que moi, par bonheur, la moitié

Sur un long sifflement s'échappaient dans l'espace.

D'autres, dans mon chapeau, captives, prenaient place:

Coiffé de mon butin je gagnais la maison ;

Et, comme elles chantaient dans leur chaude prison,

Je souriais à voir mes voisins, dans la rue,

Cherchant à droite, à gauche, et les yeux vers la nue.

Le fenouil, dont mes doigts savaient dresser les rangs,

Leur faisait une cage à barreaux odorants.

Quand elles s'obstinaient, tristes, à ne rien dire,

Comme aux petits enfants qu'on joue à faire rire,

Un vif chatouillement leur arrachait des sons,

Bruyants éclats de voix, convulsives chansons.

Bien souvent, à ce jeu, notre main curieuse

Brisait de leur tambour la vitre harmonieuse :

La Muse était partie, et, pour toujours muet,
Libre, mais dégradé, l'insecte au loin fuyait.

Celles que nous gardions, à l'aurore prochaine
Étaient mortes, hélas! et mortes de leur chaîne :

Que vous sont, fils de l'air! doux chantres de l'été!
L'existence sans voix, la voix sans liberté!

V.

Pourquoi vous plaignez-vous si tristement? n'avez-vous pas ici de belles
eaux et de beaux ombrages, et toutes
sortes de pâtures comme dans vos
forêts? — Oui,... mais mon nid est
dans le jasmin, qui me l'apportera?
Et le soleil de ma savane, l'avez-vous?

CHATEAUBRIAND.

Depuis longtemps dormaient ces souvenirs d'enfance ;

De ces rustiques airs caressant mon absence,

Nul vent n'était venu des bords où je suis né.

A ces bords attiédis, malade abandonné,

Contre un mal qui nous ronge, invisible, incurable,

J'allais redemander un soleil secourable ;

Car, dans sa lutte autour du sépulcre béant,

L'homme étreint par le mal est l'antique géant :
S'il la touche du pied, la terre maternelle
Rend la vie à son fils qui se mourait loin d'elle.

Il me semblait déjà que de frais messagers
M'apportaient les senteurs des jardins d'orangers ;
J'allais!... Depuis quinze ans, aux campagnes natales
Je n'avais plus revu les blés ni les cigales :
C'est l'automne jauni, chaque année, en son cours,
L'automne, qui nous fait quelques loisirs bien courts ;
Le moissonneur, alors, à serré sa richesse,
Des cigales la troupe est morte de vieillesse ;
Et, plus tard, quand renaît leur essaim, aux blés mûrs,
La ville, au loin, me tient, prisonnier dans ses murs.

J'allais!... Et cette fois, sur les gerbes pendantes
Le ciel lançait d'aplomb mille flèches ardentes.
Quand j'eus touché la ligne où paraît l'olivier,

Je sentis qu'en mon cœur un magique levier,
Soulevant comme un poids oppresseur de mon âme,
Y faisait place à l'air, à la vie, à la flamme.

Bientôt ce fut l'accent de nos chantres ailés.
Les premiers, ils venaient, gracieux et zélés,
Ils venaient, oublieux des torts de mon jeune âge,
Aux arbres du chemin, saluer mon passage :

« Sois le bien arrivé! nous te reconnaissons,
« Pauvre enfant que le Nord tuait dans ses glaçons!
« Viens! nous avons ici de fécondes haleines;
« Les bouches de baisers, de miel les ruches pleines.
« Viens, tu verras nos murs se couvrir de jasmins,
« Et le myrte blanchir au bord de nos chemins,
« Et le grenadier vert rougir de fleurs nos haies,
« Et le laurier pencher les grappes de ses baies.
« Nous te reconnaissons, mais mourant, énervé,

« Pauvre enfant du Midi, sois le bien arrivé ! »

Et, quelques pas plus loin, sur un mode sonore,
Une troupe nouvelle accourait dire encore :

« Sois le bien arrivé, pauvre enfant du Midi,
« Que le Nord nous tuait sous un ciel engourdi !
« Viens ! nous avons ici des brises caressantes
« Qui font monter la sève aux tiges languissantes.
« Viens ! pour toi, le genêt, noble et riche manteau,
« Secoûra ses parfums sur les flancs du coteau ;
« La cassie ouvrira, sœur de la sensitive,
« De ses pompons dorés la parure craintive ;
« Vieux soldats alignés, les roseaux, sous le vent,
« Agiteront dans l'air leur panache mouvant ;
« Et le beau citronnier, près de ses boutons roses
« T'offrira le fruit mûr avec les fleurs écloses.
« Déjà ton œil s'anime, et ton front s'est levé :

« Pauvre enfant du Midi, sois le bien arrivé! »

Et plus loin, vers le but tandis que je m'avance :

« Nous te reconnaissons, pauvre enfant de Provence!

« Viens!... nous avons des fruits prodigues de saveurs,

« Frais et doux à la lèvre, au malade sauveurs.

« Viens! Tu verras l'orange au rameau balancée;

« Dans son cœur de corail la pastèque glacée;

« Et de ses mille grains, en rubis transparents,

« La grenade entr'ouverte étalera les rangs.

« Viens! L'air de la montagne et l'air de la marine

« Portent, à pleins poumons, la vie à la poitrine.

« Viens à ta mère, enfant! sois le bien arrivé!

« Viens, enfant, à ta mère : et tu seras sauvé! »

Elles avaient dit vrai! Le regard du poëte

Lit aux jours à venir, comme l'œil du prophète.

Sur le même chemin, l'an n'était pas fini,

Que je passais, mais fort, mais frais, mais rajeuni.

Et, comme elles avaient chanté ma bien-venue,

Elles chantaient : « Adieu ! » de leur voix si connue.

« Adieu ! Les vents du nord ont un souffle fatal ;

« Mais tu sais qu'il guérit, le doux pays natal ! »

VI.

> Aymo touljour lou bièl oustal
> Oùn lou bressèron al jouyne aige.
> *Il aime toujours la vieille maison où*
> *on le berça dans le jeune âge.*
>
> Jasmin, d'Agen.

Je le sais !... Et qu'un jour, libre de toute chaîne,

Je puisse voir encor l'ombrage du grand chêne ;

Que ce soit en août, chaude et riche saison ;

Que votre chant résonne autour de la maison ;

Et que, dans cette chambre où veillait ma nourrice,

Où s'ouvrit mon oreille attentive et novice,

Par les mêmes volets doucement entr'ouverts,

Je m'endorme, vieillard, au bruit de vos concerts !

Jusque-là, près de moi, quand, naïf auditoire,

Le groupe des enfants entendra votre histoire,

Je leur dirai : « Gardez, enfants si beaux à voir,

« Gardez d'être cruels…. même sans le savoir.

« Laissez les papillons, laissez les demoiselles

« A l'air qui les balance et caresse leurs ailes ;

« Laissez le scarabée au feu de ses couleurs,

« L'oisillon à sa branche, et l'abeille à ses fleurs,

« Et tout être, que Dieu créa de sa parole,

« A son œuvre, à son bien ! Qu'il coure, ou nage, ou vole,

« Un atôme, s'il vit, souffre en son petit corps :

« Faire souffrir n'est point un jeu ; c'est un remords ! »

~~~mmmm~~~

ENFANTINE II.

O bienheureux celuy qui peut de sa mémoire
Effacer pour jamais ce vain espoir de gloire
Dont l'inutile soin traverse nos plaisirs;
Et qui, loing retiré de la foule importune,
Vivant dans sa maison content de sa fortune,
A selon son pouvoir mesuré ses desirs!

RACAN.

ENFANTINE II.

Les Quatre Coins.

> Bien courir n'est pas un vice ;
> On court pour gagner le prix :
> C'est un honneste exercice ;
> Bon coureur n'est jamais pris.
>
> Passerat, *satyre Ménippée.*
>
> Però giri fortuna la sua rota come le piace.
>
> *Enfin, que la fortune tourne sa roue
> comme il lui plaira.*
>
> Le Dante.

Quatre arbres complaisants forment votre domaine,

Vous avez chacun votre bien :

11.

Par malheur, au milieu, s'agite, se démène,
        Un cinquième, hélas! qui n'a rien!

—« Mais non! c'est le plaisir! Que faire, et quel mérite,
        « Si tout le monde avait son lot?
« D'où viendrait l'aiguillon qui point, qui vous excite?
        « Le vent qui souffle sur le flot? »

Hé bien! où s'en vont-ils?... sous la verte demeure,
        Vous que le sort a su choisir,
Pourquoi ne pas laisser, tranquilles, couler l'heure,
        Ménagers de votre loisir?

— « Vraiment! le beau système! et qu'attendre, immobiles

« Comme sur son cep le raisin?

« L'arbre que nous tenons n'a que des ombres viles :

« Le bon, c'est celui du voisin! »

⬧

.Bravo ! pour celui-ci qui près du tronc qu'il garde

Fait deux pas, puis vite y revient ;

Si vers un mieux douteux à peine il se hasarde,

Il conserve au moins ce qu'il tient.

Celui-là qui, coureur, d'arbre en arbre, au contraire,

Porte ses désirs inconstants :

Voilà tous les coins pris ; voilà le téméraire

Honteux, sans place, et pour longtemps.

- « Justement, le premier, esprit lent et timide,

  « S'ennuie et nous amuse peu ;

« Mais vive le second ! hasardeux, intrépide,

  « Avec lui prospère le jeu ! »

Que dire, si pour eux c'est ainsi que l'on joue !

  Tour à tour au coin, au milieu !

Nous sommes ainsi faits : le vent tourne la roue,

  Allons donc,... mais gare à l'essieu !

ENFANTINE III.

Le chien de la maison est si doux! chaque soir
Mollement sur son dos je veux te faire asseoir;
Et, marchant devant toi jusques à notre asile,
Je guiderai les pas de ce coursier docile.

ANDRÉ CHÉNIER.

ENFANTINE III.

La Niche du Chien.

Odi.... che tuona : odi che' n gelo
Il vapor di lassù converso piove !

Entends comme il tonne; entends
comme la vapeur de là haut , chan-
gée en liquide, tombe !

Le Tasse.

In picciol tempo passa ogni gran ploggia.

En peu de temps passe toute grande pluie.

Pétrarque.

Que pour son fils la mère est bien vite en alarme !

Présent, une ombre au front, le semblant d'une larme,

Absent, un bruit de feuille, un soupir de roseau,
Dans le buisson voisin un frôlement d'oiseau
La font trembler. Hélas! il faudrait peu de chose...
Le calice inondé d'un lys ou d'une rose
Forme un gouffre où périt le frêle papillon,
Une ondée est mortelle au naissant oisillon,
Et, sur son brin de mousse en sa marche surprise,
La bête-à-bon-Dieu meurt au choc d'une cerise.

Suivez toujours des yeux un enfant, mais surtout
Lorsqu'au jardin, lancé de l'un à l'autre bout,
Il s'ébat, glorieux des forces qu'il essaie!
S'il est seul, une pierre, un peu d'eau, tout m'effraie:
Ne fût-ce, en quelque coin, caché sous les sureaux,
Qu'un godet pour donner à boire aux passereaux.
J'aime qu'il soit vif, brave, et même téméraire,
Pourvu qu'à quelques pas j'aperçoive sa mère.

Le nôtre, un jour, enfant qui susseyait encor,

Par la porte entr'ouverte avait pris son essor ;

Et le voilà courant dans les grandes allées,

Enlevant au gazon ses perles étalées,

Sous la branche, où chantait la fauvette, écoutant,

Et mille autres plaisirs ! Il était si content....

Aucun risque d'ailleurs.... on le laissa son maître,

Allant, de temps en temps, le voir par la fenêtre.

Quand, tout à coup, poussé comme une voile aux cieux,

Un nuage s'épanche en flots capricieux.

Les gouttes, au jardin, tombent larges, sifflantes,

Inclinant le feuillage et renversant les plantes.

— « Quel orage, Seigneur !... Et le pauvre petit !... »

Nous courons tous, son nom sur nos pas retentit :

Rien ! pas d'enfant ! La mère est plus morte que vive ;

Moi, je sens qu'en mon cœur l'inquiétude arrive ;

La bourrasque croissait en fureur ; chaque instant

Ajoutait à l'angoisse ;... et rien ! rien !... et pourtant

Nul voisin, nulle issue ouverte, nulle trace,
Et sous les torrents d'eau chaque chose à sa place!

Mais voici qu'en passant sur les terres du chien,
Nous le voyons, posé dans sa niche, en gardien,
Caressant et tout fier, nous faisant, en silence,
De la queue et de l'œil signe d'intelligence :

De son humble cabane il occupe les bords,
En rond pelotonné, défendant, de son corps,
L'entrée aux traits roulants que l'averse lui jette,
Et portant vers le fond sa tendresse inquiète.

Serait-ce!... Nous l'avons deviné!... Pauvre ami,
C'est lui! c'est notre enfant!...

                              Il était endormi.

Dors, cher enfant! La hutte à ta faiblesse ouverte,
Le gardien qui te veille, et la toiture verte
Que quelques ais mal peints forment sur tes yeux clos,
Mieux qu'un riche lambris te défendront des flots.
Souvent aux jours d'orage, aux jours de grande pluie,
De nos amis dorés pas un seul qui ne fuie;
Et c'est un toit de chaume, un pauvre serviteur,
Qui nous donnent l'asile, et le bras protecteur!

ENFANTINE IV.

15.

Pour que Dieu vous pardonne,
Donnez, car c'est à lui que la charité donne;
Au suppliant qui frappe, ouvrez, car le grillon
Est propice au foyer, la cigale au sillon;
Car le bonheur sourit aux toits que l'hirondelle
Réjouit de ses chants et caresse à coups d'aile.

Hégésippe Moreau.

ENFANTINE IV.

La Reine de Mai.

Le temps a laissé son manteau
De vent, de froidure et de pluye,
Et s'est vestu de broderie
De soleil luisant clair et beau.

CHARLES D'ORLÉANS.

Froehlich kommt Ihr und heiter; man sieht Ihr habet die Gaben
Unter die Armen vertheilt und ihren Segen empfangen.
Vous venez gai et serein; on voit que vous avez par-
tagé les dons entre les pauvres et reçu leur béné-
diction.

GOETHE.

Nos deux portes étaient l'une à côté de l'autre ;

Ma fenêtre touchait la vôtre ;

Dehors, un beau trottoir s'étalait large et long,
    Comme le parquet d'un salon :
Le tout bien au Levant, dans la rue aux fontaines,
    Aux arbres à tiges hautaines,
Qu'un parler frais et doux comme le miel d'un jour
    Appelait le *Pavé d'Amour*.

Sur ce pavé, parfois on nous laissait descendre,
    Marqués au front d'un baiser tendre.
Au sommet des rameaux, chantaient les oisillons ;
    Au-dessous, tous deux nous jouions.
Prudentes, cependant, votre mère et la mienne
    Nous surveillaient par la persienne,
De vous à moi leur cœur flottait, et leur regard
    Semblait dire, en brillant : — « Plus tard !... »

Un jour, le mois de mai, fleuri, venait de naître,
    Vous étiez à votre fenêtre,

Moi j'étais à la mienne, et nos petits voisins,

      Peuple joyeux des magasins,

Jetaient sur le trottoir un océan de roses,

      Des ruisseaux de perles écloses,

Des flots d'or de genêt, et leur cercle animé

      Cherchait une Reine de mai.

Mais dès qu'à leurs regards vous êtes apparue,

      Ils se sont groupés dans la rue,

Tous sous votre fenêtre, et d'une même voix

      Ils ont dit, priant à la fois :

— « Oh ! venez nous aider, venez, Mademoiselle,

      « Vous êtes si bonne et si belle !

« Voici venu le mois peint de mille couleurs,

      « Soyez notre reine des fleurs !

« Jamais notre quartier n'en eut d'aussi jolie,

      « Comme jamais, fraîche-embellie,

« La terre n'a, pour nous, aux autres renouveaux,

    « Tant donné de bouquets si beaux.

« Venez ! vous porterez bonheur à cette année !

    « Venez, de nos fleurs couronnée,

« Sourire à notre ciel, notre ciel sourira,

    « Et, dans l'été, tout mûrira ! »

De cet honneur d'enfant, certes, vous étiez digne !

    Votre mère vous fit un signe,

Et, vous penchant vers eux, vous dîtes d'un ton doux :

    « J'y vais ! » — Moi, j'y fus avant vous.

Ils l'avaient dit : jamais plus ravissante Reine !

    Les fleurs paraient leur souveraine ;

Elles tombaient en pluie, à vos pieds, dans vos yeux,

    Sur votre cou, dans vos cheveux ;

Par feuilles, par bouquets, par brins, comme des ailes

    De papillons, de demoiselles.

Comme des rayons bleus, comme de blancs flocons,

    Des fenêtres et des balcons.

Confuse, vous cachiez dans leur brillant nuage

    La rougeur de votre visage ;

Et des petits voisins le trésor grossissant

    Tintait sous les doigts du passant.

Cependant, à l'écart, sur ces jeux, une femme,

    Oubliant l'angoisse de l'âme

Et ses pauvres enfants demi-nus, amaigris,

    Jetait des regards attendris.

Tout à coup, vous levant, vers la pauvre famille

    Vous courez!... Puis votre œil qui brille

Nous montre cette femme et ce monceau de sous,

    Et vous avez dit : — « Voulez-vous! »

—« Donnez! donnez-lui tout! »—Elle, veut se défendre :

    « Dieu me préserve de le prendre.

« C'est le jeu des enfants! c'est la reine de Mai! »

Et son bras se tenait fermé ;

Mais, de sa robe ouvrant la poche la plus grande,

Vous, leste, y versez votre offrande ;

On a battu des mains ; — et, d'un ton solennel :

« Dieu vous le rende dans le ciel! »

Hélas! ce fut bientôt une dette acquittée!

Dix mois après, au ciel vous étiez remontée.

Mais de ce simple trait le parfum pur et doux,

Ange que nous pleurons! s'y trouvait avant vous.

ENFANTINE V.

On fait cas d'un coursier qui, fier et plein de cœur,
Fait paraître, en courant, sa bouillante vigueur ;
Qui jamais ne se lasse, et qui dans la carrière
S'est couvert mille fois d'une noble poussière ;
Mais la postérité d'Alfane et de Bayard,
Quand ce n'est qu'une rosse, est vendue au hasard,
Sans respect des aïeux dont elle est descendue,
Et va porter la malle ou tirer la charrue.

BOILEAU.

ENFANTINE V.

L'Attelage.

Away! away! And on we dash!
Torrents less rapid and less rash.

*En route! en route! Et nous volons! Torrents, vous
êtes moins rapides et moins impétueux.*

BYRON.

Pourquoi ne pouvons-nous rester au même coin,
Et, tous enfants, puiser à la même mamelle?

AUGUSTE BARBIER.

Qui, parmi vous, n'a vu, dans quelque longue allée,
Des quadriges fougueux fuir à toute volée?

Les cochers, emportés, comme dans un tournois
Excitent les coursiers du geste et de la voix ;
La foule, qui les suit et qui les aiguillonne,
Jusqu'à leurs pieds pressée, en criant tourbillonne....

Rassurez-vous ! ces cris, ces cochers triomphants,
Ces coursiers, ce n'est rien qu'une bande d'enfants.

Pas de harnais dorés, ni de mors, ni de selle :
Un fouet, bien innocent, un long bout de ficelle,
Des mouchoirs attachés de l'un à l'autre bras,
Voilà tout l'attirail.

Souvent, quelque embarras,
Quelque choc, vient troubler l'accord de l'équipage.
A droite, à gauche, on tire, on se heurte, on s'engage ;
L'un prend le petit-trot, l'autre le mors aux dents :

Les chevaux *pour de bon* sont plus accommodants.

Souvent aussi, rétif, sans achever sa traite,

En émeute cabré, l'attelage s'arrête.

Le limonier s'avance et dit : — « Rien n'est égal;

« C'est toujours moi qu'on prend pour faire le cheval;

« Je veux être cocher ! »

Paroles souveraines,

Il a droit!... On lui cède et le fouet et les rênes;

Et le guide déchu, par un juste retour,

Va s'atteler lui-même, et galope à son tour.

⌗

S'il en était ainsi dans le monde où nous sommes?

16.

Ce qu'enfants nous faisions, si nous le faisions hommes ?

Commandant, commandés, chacun à tour égal :

Que sait-on?... ce n'irait, peut-être, pas plus mal !

~~~ຫຫບຫ~~~

ENFANTINE VI.

Qu'un enfant de quatre ans, n'est-ce pas? dans un bal
Est charmant, quand tout fier et d'un pas inégal
Il suit une beauté qui par la main le guide,
Et qui le baise après rayonnant et timide.

SAINTE-BEUVE.

ENFANTINE VI.

———

L'Invitation au Bal.

Que' moza desecharia
Un mozo de tal donaire,
Que da de coces al aire,
Y à volar le desafia?

*Quelle jeune fille dédaignerait un garçon si
gentil, qui bat l'air de ses pieds, et le défie
au vol?*

LOPE DE VEGA.

Monter trop haut, c'est pour en deuil descendre ;
Entre deux vents il faut son aisle étendre,
Et son pareil aimer en loyauté.

CHARLES FONTAINE.

Ah ! ce n'est pas ainsi qu'on tient une promesse !

Vous ne savez donc pas, belle enfant, ce qu'au bal

Vaut un engagement! Vous voilà dans l'ivresse,

Placée au grand quadrille, attendant le signal;

C'est un début, vraiment, dans l'emploi de coquette :

Imitez, jeune fille, imitez votre sœur;

Sur vos deux petits pieds haussez-vous en cachette

Pour arriver au bras de votre grand danseur!

En avançant, tendez votre robe de gaze

Comme un filet armé! Si, pendant un repos,

Votre partner vous vient parler, en quelque phrase,

De jouets.... répondez par un grave propos!

Bien! oubliez mon fils! Il vous avait priée :

Vous l'avez laissé là pour prendre votre essor;

Mais c'est un beau Monsieur qui vous a conviée,

Et mon fils, comme vous, n'est qu'un enfant encor.

Il est des cœurs, pourtant, que le fer seul apaise;
On a souvent passé du bal sur le terrain.
A ce beau cavalier, montant sur une chaise
Si mon fils, à l'oreille, allait dire : — « A demain! »

Mais le pauvre petit est là qui vous regarde;
De bonne heure il apprend ce qu'un manque de foi
Peut donner de douleur; l'heure à sonner lui tarde;
Et de ne plus danser il s'est fait une loi.

Cependant, êtes-vous heureuse autant que fière?
Au quadrille enfantin on saute, on rit si bien!
Vous, dans votre grandeur je vous vois prisonnière;
Rire.... mais avec qui? sauter.... mais le maintien!

Votre danseur distrait, qu'un autre soin réclame,
A peine, en se penchant, vous jette un mot ou deux;

Et votre vis-à-vis semble dire à sa dame :

— « Les enfants devraient bien aller danser entr'eux ! »

Dans le galop, bruyante et joyeuse bataille,

Mon fils, causeur, vous eût emportée en ses bras :

Ses petits bras allaient tout juste à votre taille,

Sa bouche à votre oreille, et son pas à vos pas.

Ce cercle qui regarde, et qu'on a peine à fendre,

Sur lequel votre œil noir se lève triomphant,

Écoutez-le ! voilà ce que j'y viens d'entendre :

— « Qu'un enfant est joli, pourvu qu'il soit enfant ! »

Elle compte sept ans à peine,

L'ombre est encor sur son chemin;

Plus tard, quand, pour une autre chaîne,

Deux voix lui diront : « Votre main ! »

Quand le soleil d'un flot de flamme

Dorera la jeune moisson;

Alors, fasse Dieu que son âme

N'ait plus besoin de ma leçon !

ENFANTINE VII.

Elle est belle, vraiment, lorsque sa voix suave,
　　Des ondes d'une double octave
Fait jaillir l'harmonie à flots inattendus ;
　　Et, nous plongeant comme en un rêve,
　　Au souffle qui meurt ou s'élève
　　Tient mille souffles suspendus ;

Mais plus belle cent fois lorsque, mère attentive,
　　Qu'une larme d'enfant captive,
Sur ses deux bras, esquif au gracieux contour,
　　Avec le simple air de village
　　Dont on endormit son jeune âge,
　　Elle endort son fils à son tour !

ENFANTINE VII.

Chant de dormir.

Dors, mien enfantelet, mon souley, mon idole !
Vers attribués à CLOTILDE DE SURVILLE.

....Pluck the wings from painted butterflies,
To fan the moon-beams from his sleeping eyes.

Détachez les ailes des papillons peinturés,
et faites-en un éventail pour écarter les
rayons de la lune de ses yeux endormis.
SHAKESPEARE.

Dors ! dors !... Le voilà qui s'endort ,

Mon doux trésor !

17.

Quand il s'éveillera
Sa mère sera là :
Dors! dors! Le voilà qui s'endort,
Mon doux trésor!

Voilà de jolis petits anges
Qui vont le bercer dans ses langes :
Dors! dors! Le voilà qui s'endort,
Mon doux trésor!

Voilà dans l'air une fauvette
Qui vient chanter sur sa couchette :
Dors! dors! Le voilà qui s'endort,
Mon doux trésor!

Voilà des fleurs l'haleine pure
Qui souffle dans sa chevelure :

Dors ! dors ! Le voilà qui s'endort ,
Mon doux trésor !

Voilà sur l'oreiller de soie
Une ombrelle qui se déploie :
Dors ! dors ! le voilà qui s'endort,
Mon doux trésor !

Voilà sur sa bouche mi-close
Un joli rêve qui se pose :
Dors ! dors ! le voilà qui s'endort ,
Mon doux trésor !

Voilà dans le ciel une étoile
Qui pour le voir lève son voile :
Dors ! dors ! le voilà qui s'endort ,
Mon doux trésor !

Quand il s'éveillera

Sa mère sera là :

Dors ! dors !... Nous l'avons endormi,

Mon doux ami !

~~ououuun~~

ENFANTINE VIII.

Comme la mère chante à son enfant qui dort
La chanson du réveil, moelleuse et caressante,
Ainsi, dès son matin, doucement, sans effort,
A la vie éveillez la jeune âme naissante.

ENFANTINE VIII.

Chant de réveil.

Ouvrez votre paupière, beau petit enfantelet, éveillez-vous. C'est pour vous que nous chantons notre chanson.

EDGAR QUINET.

> Tu lieta godi, e ti vagheggi in essa ;
> Ed essa te conosce omai col riso,
> E vide nel suo riso altri la madre.

*Joyeuse, tu jouis, tu te contemples en ton enfant ;
et lui, déjà, te reconnaît par son sourire ; et
dans son sourire on voit toute sa mère.*

LE TASSE.

Le petit oiseau sur le toit

    Gazouille ;

Dans la fleur l'insecte qui boit

Se mouille;

L'aurore a pleuré ce matin,

Les abeilles s'en vont au thym;

A son berceau s'en va la mère,

Légère :

C'est moi, mon fils, éveille-toi,

C'est moi!

Déjà sur leurs nids ont chanté

Les merles;

Le gazon est tout brillanté

De perles;

Il n'y ferait pas bon courir,

Les paquerettes vont s'ouvrir :

Ouvre tes cils, toi, ma fleurette

Coquette;

C'est moi, mon fils, éveille-toi,
C'est moi !

Voilà le papillon nacré
Qui vole ;
Les enfants qui font dans le pré
L'école,
Ah ! si leur père les y prend !
Que le soleil est haut et grand !
Allons ! il est temps que ton rêve
S'achève !

C'est moi, mon fils, éveille-toi,
C'est moi !

Voici l'heure où tout dans le champ
Murmure ;

18

Hommes, oiseaux, tout va cherchant

    Pâture;

C'est bon au riche d'avoir faim!

Riche est l'enfant.... voilà mon sein :

Poses-y, du bord de ta couche,

    La bouche;

C'est moi, mon fils, éveille-toi,

    C'est moi!

~~~~mmmmm~~~~

ENFANTINE IX.

Mon pauvre cœur, à la tristesse en proie,
En fouillant le passé vous retrouve avec joie,
Jours naïfs, plaisirs purs, emportés par le tems
Ainsi que le parfum des fleurs par les autans.

REBOUL, de Nîmes.

ENFANTINE IX.

Les petits Canonniers.

C'est un petit village, ou plutôt un hameau,
Bâti sur le penchant d'un long rang de collines,
D'où l'œil s'égare au loin dans les plaines voisines.

BOILEAU.

Fazem os bombardeiros seu officio,
O ceo, a terra, e as ondas atroando.

Les bombardiers faisaient leur service, frap-
pant le ciel, la terre et les ondes du bruit
de leur tonnerre.

LE CAMOENS.

L'enfance aime le bruit comme le mouvement :

Son bras fatigue l'air ; à peine un seul moment

18.

Son pied peut-il tenir au sol ; et son oreille
Veut un éclat soudain qui la frappe et l'éveille.

Quel éclair dans nos yeux, quand, pour quelque grand nom,
Pour quelque grande fête, à défaut de canon
Le maire, ouvrant enfin leurs cachettes étroites,
Sur la place à l'Ormeau faisait tirer les boîtes !

Quel bonheur quand venait ce jour tant préparé,
Où le village en masse escortant le Curé,
Tromblons, fusils de chasse et lourdes carabines,
Vieux pistolets d'arçon, sabres ou lames fines,
Jusqu'à la hallebarde empruntée aux autels,
Accouraient s'aligner sur deux rangs solennels ;
Et que, par la campagne, en longue promenade,
Portant, suivant le Saint, on faisait la *Bravade :*
C'est-à-dire, à grand bruit, par des feux répétés,

Les armes saluaient les champs épouvantés ;

De manière à chasser, pour toute une semaine,

Au fond de leurs terriers les lièvres de la plaine ;

Et, par grande volée émigrant à la fois,

A faire fuir au loin tous les oiseaux du bois !

Longtemps on nous voyait, attroupés dans les rues,

Des fêtes à venir, nous, petites recrues,

Reproduire ces jeux en bruyants bataillons.

— « Nous voulons imiter nos pères ! Nous voulons

« Nos boîtes, nos fusils et notre artillerie !

« Nous voulons la *Bravade !* »

                  Or, voici l'industrie

Qui, sans crédit ouvert, ni crédit-supplément,

Ni plaie aux arsenaux, faisait notre armement.

Il était, sous un roc, une source commune,

Où la fille des champs, à l'œil noir, svelte et brune,

Comme l'Israélite au biblique tableau,

Sa cruche sur l'épaule allait puiser de l'eau.

A l'entour du rocher, généreuse et facile,

La terre nous livrait, sans compter, une argile

Qui, serve obéissante à nos fantasques lois,

Se dressait, se courbait, se creusait sous nos doigts.

C'est là que nous allons, dans notre ardeur guerrière,

De nos boîtes chercher la matière première.

L'argile s'arrondit en large palet creux;

Dans ses flancs l'air, captif, s'engouffre; vigoureux,

Notre bras, tournoyant, sur le pavé le lance;

La bombe en mille éclats vole; dans son silence

L'écho longtemps troublé roule des bruits confus :

— « Nous, canonniers vainqueurs, alerte ! à nos affûts ! »

Pour nos fusils, c'était autre chose : à la haie

Où volent se cacher les oiseaux qu'on effraie

Nous arrachions, furtifs, des tiges de sureau.

De sa pulpe vidé dans son étroit fourreau,

Taillé, poli, l'arbuste, armé d'une baguette,

Nous faisait à chacun une courte escopette.

Le chanvre maternel, à grand effort tassé,

Brusquement aux deux bouts l'un par l'autre chassé,

Par feux de peloton, feux d'ensemble ou de file,

S'enfuyait en sifflant, rapide projectile ;

Et nous poussions dans l'air nos salves et nos cris,

Canonniers, fusiliers, de nos armes épris.

D'où cette arme en nos mains était-elle venue ?

Quelle voix s'y cachait, quelle force inconnue ?...

— Songeait-on à cela? — C'est un jeu, c'est assez!

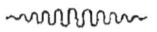

Bruit du siècle présent, bruit des siècles passés,
Jouets d'enfants, fusils, canons, bombes et mines,
Chaudières à vapeur, hommes, peuples, machines,
Tout ce qui se révolte et fait explosion,
Un mot pour l'expliquer!—

Lequel?—

Compression.

ENFANTINE X.

Toi qui sais où l'oiseau passe,
Protége-le dans l'espace,
Sauve-le de tout réseau!
Son aile est bien faible encore :
Dieu bon! Dieu saint! je t'implore
Pour l'enfant et pour l'oiseau!

CORDELLIER DELANOUE.

ENFANTINE X.

Le piége aux Rouge-Gorges.

Poor bird : thou' dst never fear the net, nor lime,
The pitt-fall, nor the gin!

*Pauvre oiseau: tu ne crains donc ni filet, ni
glu, ni trappe, ni trébuchet!*

SHAKESPEARE.

Quand reginglettes et réseaux
Attraperont petits oiseaux,
Ne volez plus de place en place,
Demeurez au logis, ou changez de climat.

LA FONTAINE.

Quand le soleil pàlit aux derniers jours d'automne,

Et que sur la montagne il est déjà l'hiver,

15

Sous la garde des monts, orageuse couronne,

　　Notre village est à couvert :

　　　　Son pré fleuronne,

　　　　Son bois est vert.

Alors, des blancs sommets où frissonnent ses ailes,

Descend le rouge-gorge aux joyeuses chansons,

Cherchant de nos jardins les ombres plus fidèles,

　　La haie autour de nos maisons,

　　　　Et les prunelles

　　　　De nos buissons.

Pauvres petits frileux que la bise renvoie,

Émigrés montagnards, ils viennent par milliers.

Comme des fruits ils font, en sautillant de joie,

　　Briller aux rameaux familiers

　　　　L'or et la soie

　　　　De leurs colliers.

Mais d'un camp de fourmis tandis qu'il fait le siége,

Qu'il poursuit une mouche, ou guette un vermisseau,

Fin chasseur à son tour chassé, voilà qu'un piége

    Se dresse sous chaque arbrisseau.

        Dieu te protége,

        Petit oiseau !

Je me souviens d'un jour de naïve conquête :

Mon grand-père (je vois sa blanche et belle tête),

Mon grand-père vivait; enfant, sur le chemin,

Moi, je n'allais encor qu'en lui donnant la main.

Nous avions, au village, et sous notre fenêtre,

Un jardin où la fleur hâtive aimait à naître;

Où de tout le pays l'oranger le plus beau

Sous ses fruits d'or, l'hiver, courbait chaque rameau ;
Où des mouches à miel le peuple qui s'agite
Trouvait, en susurrant, le butin et le gîte.

Contre un ruisseau, voisin dans l'orage peu sûr,
On avait soutenu la terre par un mur ;
Vieux mur où le jasmin et la vigne sauvage,
L'osier sortant de l'eau son pied creusé par l'âge,
Le saule aux cheveux gris et les liserons blancs
Formaient une tenture à panaches tremblants.

Là grasseyait le merle et chantait la fauvette,
Là, furtives, la pive et la bergeronnette
Venaient au flot courant baigner leur corselet ;
Là, caché dans un trou, le bruyant roitelet
Roulait à plein gosier tous ses jurons de guerre
Et contre un moucheron épuisait sa colère ;
Là, nouvel arrivé, le rouge-gorge enfin

Trouvait l'eau pour la soif, et le fruit pour la faim.

De la fenêtre, moi, j'admirais leur manége.
— « Ah ! si l'on me montrait à construire un beau piége !
« Voyez combien d'oiseaux ! Je veux les prendre tous,
« J'embellirai leur cage et je les rendrai doux. »

On m'apprit donc comment une petite dalle
Sur de minces bâtons s'incline, arme fatale ;
Comment on peut sauver le captif, et l'avoir
Dans sa robe d'atour, vivant, en son pouvoir ;
Et quel fruit, quel insecte, enfin, ou quelle graine,
Prestige tentateur, à sa perte l'entraîne.

Mon piége ainsi dressé, j'attendis plus d'un mois,
Guettant, faisant des vœux ; mais en vain !—Quelquefois
Il s'était abattu ; palpitant d'espérance,

19.

J'accourais ; doucement ma main glisse, s'élance :

Mais rien !... Je replaçais les bâtons, les appâts :

Mes oiseaux s'en moquaient. Je crois que, sur mes pas,

C'était eux qui venaient, me narguant, par derrière,

De leur aile, en jouant, faire tomber la pierre.

Cependant notre aïeul, un jour, un bien beau jour,

Dit : « Enfant, au jardin si nous faisions un tour ?

« Ce vent, pour les oiseaux est un vent de passage !

« Ton piége ?.. Que sait-on !.. Ne perdons pas courage ! »

Nous allons, et bientôt, poussant de joyeux cris :

— « Il est tombé, bon père !.. Ah ! bon père ! un de pris,

« Un de pris ! » Et mes doigts, du fond de leur rangée,

Laissaient sortir sa tête et sa gorge orangée.

— « C'est bien ! à la maison porte-le vite... Eh quoi !

« Dresse ton piége avant, étourdi ! » — Moins que moi

Le prisonnier tremblait ; j'arme ma batterie,

Je pars ; et, de retour à peine, je m'écrie :

— « Oh ! bon père, encore un ! je l'ai ! » — « Vraiment ! encor !

« Vite, le jour est bon, emporte ton trésor

« Et reviens ! » — Douze fois je recommence, et, même,

Comme au marché, peut-être, y mit-on le treizième.

La cage en était pleine : ils étaient là, couchés

Tristement, dans le fond ; ou bien effarouchés,

Se heurtant aux barreaux. — « Voyons, qu'en vas-tu faire ?

Me dit le bon vieillard. — « Moi ! les garder, j'espère ! »

— « Mais eux, que feront-ils ? » — Le mot m'embarrassa,

Sur les pauvres captifs mon regard s'abaissa.

— « A quoi bon, reprit-il, ces deux ailes légères ? »

— « Mais à voler, sans doute. » — « Ils ne le pourront guères

« Dans ta cage ! et, dehors, vois ces rameaux si verts,

« Ces calices de fleurs au soleil entr'ouverts,

« Ces fruits mûrs, balancés en grappes transparentes,

« Et ces réduits ombreux , et ces eaux murmurantes :

« Ils avaient tout cela! Crois-tu que quelques grains

« Jetés dans le tiroir d'un auget à serins ,

« De l'eau dans un godet, un débris de feuillage

« Enlacé , par sa tige , aux fentes d'un grillage,

« Leur rendront ce qu'aux champs Dieu leur avait donné!

« Ils mourront tous, hélas ! ou , plus infortuné,

« Si quelqu'un d'eux survit... » Il parlait de la sorte

Lorsque , de la prison ouvrant soudain la porte :

« — Non , ils ne mourront pas ! » Et , de frayeur pressés,

L'un sur l'autre , bien loin , ils se sont élancés.

Ame tendre ! J'ai su ta ruse paternelle!

Longtemps , au souvenir d'une chasse si belle ,

Je vis un fin sourire errer autour de moi;

Depuis , on m'a tout dit : et comment c'était toi

Qui prêtais à mon piége une aide ingénieuse ;

Et comment, par quel art, ta tendresse rieuse

Sut, de tous ces captifs acquittant la rançon,

Me faire un doux plaisir d'une douce leçon !

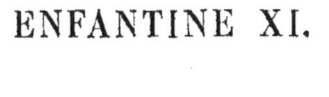

ENFANTINE XI.

Ostez-moy la violence et la force, il n'est rien à mon
avis qui abastardisse et estourdisse si fort une nature
bien née.

MONTAIGNE.

ENFANTINE XI.

Le Cerceau.

Eh bien ! gageons-nous deux
A qui plus tôt aura dégarni les épaules
Du cavalier que nous voyons.

LA FONTAINE.

Je veux me faire craindre, et ne fais qu'irriter.

CORNEILLE.

N'ayez pas peur de moi. Pourquoi vous arrêter ?

Votre cerceau roulant est venu me heurter ;

20

A mes pieds a fini sa course aventureuse :

    Et vous voilà toute honteuse !

Et vous voilà, de loin , rougissant... et de moi

N'osant, pour le reprendre , approcher... Et pourquoi ?

Le mal n'est pas si grand ! Puis, cette maladresse,

    C'est la mienne , je la confesse.

Sur un cerceau d'enfant faudra-t-il donc tracer,

Par ordre du Préfet, ces mots : LAISSEZ PASSER !

Moi.... juste au beau milieu... Je suis un grand coupable!

    Il courait si bien sur le sable!

Tenez !... (Puissé-je encor vous rencontrer demain !)

Aujourd'hui, pardonnez ; laissez-moi , de ma main ,

Vous le rendre ! Je vois déjà , Mademoiselle ,

    Sa baguette qui le rappelle.

Elle l'a pris, confuse encore.... et tous les deux

Ils sont loin !... défiant les endroits périlleux,

Bondissant, du perron de marbre à la terrasse ;

Ou, calmes, côte à côte avançant avec grâce :

Sans qu'on puisse, en voyant leur mutuel assaut,

Dire si c'est l'enfant qui mène le cerceau

Ou le cerceau l'enfant ; car à peine en une heure

Semble-t-il qu'une fois la baguette l'effleure.

Près de là, cependant, un couple moins d'accord,

Agité, tourmenté, s'use en un vain effort.

L'enfant, sur le jouet et comme à coups de sabre,

Frappe, bat. Le jouet se mutine, se cabre,

Se couche à plat, s'élance à droite, à gauche, ou bien

Bondit en l'air : le tout pour n'arriver à rien.

Veux-tu que je t'enseigne, enfant, ce qu'il faut faire ?

Veux-tu voir devant toi rouler ton char ? Modère,

Modère ces élans : tu t'agites beaucoup !

D'un œil sûr, et d'aplomb, donne ton premier coup :

Du premier coup donné dépend la ligne entière.

Choisis ta place : un grain de sable ou de poussière

Déraille, à son début, ton convoi qui, plus tard,

Franchirait dix pavés sans faire un seul écart.

Une fois qu'il est bien lancé dans la carrière,

Ne crains rien ! que ton arme en ta main soit légère ;

Attentif, sans brusquer ni ralentir le pas,

Suis, caresse, soutiens, guide, et ne frappe pas !

Et comme sur sa bouche un sourire vint luire,

Je me dis : Ce cerceau qu'il s'agit de conduire,

Ce guide qui doit suivre, ami prudent et doux,

N'est-ce pas cet enfant? N'est-ce pas vous et nous?

ENFANTINE XII.

Fanfan fit un cheval d'un bâton qui, plus tard,
Devint l'appui de sa vieillesse.

Ce bâton, dites-moi, n'est-ce pas la sagesse,
Dont s'amuse l'enfant, dont se sert le vieillard ?

PIERRE LACHAMBEAUDIE.

ENFANTINE XII.

La leçon sur le sable.

Voilà le banc rustique où s'asseyait mon père !
LAMARTINE.

Voir mourir ce qu'on aime, et puis douter après,
Oh ! cela ne se peut ! Le cœur a ses regrets,
        Mais l'âme a l'espérance.
Mme MÉLANIE WALDOR.

Tous les jours lui donnant sa canne à pomme d'or,

Bien plus haute que moi, puis prenant mon essor,

L'attirant par la main hors de notre demeure,

Je lui disais : — « Partons! partons vite! il est l'heure! »

L'allée, aux arbres verts, couronnant les remparts,

Le champ où manœuvraient mille conscrits épars,

La plage, les chantiers qu'un bruit de chaîne attriste,

Étaient les lieux offerts à mes goûts de touriste.

Mon père paraissait me suivre, et me guidait,

Souriant; sa parole, en chemin, s'épandait :

Bien douce la parole et bien doux le sourire!

Je croyais m'amuser, et lui savait m'instruire;

Et lui, savait, semblable aux abeilles du ciel,

Prendre sur chaque fleur une goutte de miel,

Qu'il posait parfumé sur ma lèvre encor rose.

Lorsqu'ainsi, discourant, expliquant toute chose,

Nous avions mesuré, sur leur affût de bois,

Les vieux canons de bronze endormis et sans voix;

Ou compté des boulets les longues pyramides;

Ou des soldats suivi la musique et les guides;

Ou vu les noirs calfats d'un bitume brûlant

Enduire les vaisseaux inclinés sur le flanc;

Les pêcheurs de leur barque engravant la carène,

Et séchant leurs filets étendus sur l'arène;

Il choisissait, avant le retour, vers le soir,

Quelque banc, quelque poutre, une pierre où s'asseoir:

Puis, du bout de sa canne et d'une touche pure,

Sur le sable il traçait mainte belle figure;

Tableaux improvisés, amusante leçon!

Des lettres dont, joyeux, je répétais le son,

Un cercle où je marquais les rayons et le centre,

Un grand polichinelle avec son double ventre.

Un lozange, une ellipse, un casque et son cimier :
Album digne de Cham, de Grandville ou Daumier.

De ces dessins divers j'imitais la structure ;
Et si l'ennui venait, en rapide monture
Tout à coup transformant le paternel bambou,
J'allais caracolant de l'un à l'autre bout.

Ou si, dans la poussière, en ouvrant son sillage,
La canne avait heurté quelque beau coquillage,
Pour la nacre marine où l'arc-en-ciel brillait
Je laissais la leçon.... et mon père riait.

Éphémères travaux ! Lorsqu'à la même place,
A quelques jours de là nous en cherchions la trace,
Ils étaient disparus, et j'accusais le vent,
Ou la pluie, ou la vague, ou le sable mouvant.

Devenu possesseur d'une luisante ardoise
En mon orgueil d'enfant je grandis d'une toise.
Sur son champ azuré promenant le crayon,
Je crus pour l'avenir y tracer mon sillon.

Mais l'ardoise, en courant, de l'une à l'autre face
Se remplit : il faut bien qu'alors l'éponge y passe.

Dans les lettres, bientôt, je fis un nouveau pas :
De l'encre, du papier, des plumes, un compas !
Pour le coup, je me crus magister de village.
De mes bâtons tremblants barbouillant chaque page,
Noircissant de dessins mes cahiers et mes doigts,
J'espérais illustrer mes classiques exploits.

Mais, feuillet par feuillet, mon œuvre méconnue

S'envolait, chaque jour, du fourneau dans la nue.

Fis-je mieux lorsqu'enfin, de plus graves essais
Sous la presse j'osai hasarder le succès?
Moins, peut-être, aujourd'hui, que l'ardoise ou le sable
La presse nous promet quelqu'empreinte durable.
La flamme, les ciseaux, le pilon incessant,
Et l'oubli, pire encor, sont toujours menaçant.

De ces jours de plaisirs, jours de naïve joie,
Jours d'étude naissante où tu m'ouvrais la voie,
De toi-même, ô mon père! et du bien que tu fis,
Où sont les souvenirs, hors le cœur de ton fils!
Ceux à qui ta bonté, dans ces temps, fut connue,

Hélas ! chaque matin leur nombre diminue !

Sur tes pas ont passé des millions de pas :

N'est il donc rien qui dure, ô mon père, ici-bas !

~~⁓⁓⁓~~

ENFANTINE XIII.

Plaignons-la , respectons ses secrètes douleurs;
Car elles ne sont pas de ces douleurs frivoles
Qui peuvent s'apaiser à de douces paroles
    Ou s'effacer sous quelques pleurs !

Mme Lonclas-Ortolan.

ENFANTINE XIII.

———

Les grands chagrins.

> Guata impaurito, e già sul ciglio
> Turgida appar la lagrimetta.
> *Il regarde effaré, et déjà dans ses cils, toute*
> *gonflée, paraît la petite larme.*
>
> MANZONI.

> Il est des cris sans espérance
> Inconsolables ici-bas.
>
> ÉVARISTE BOULAY-PATY.

Des larmes, beau garçon! Venez... qu'on les essuie!

Captives, les voilà qui tremblent à vos cils :

21.

Ainsi, la fleur retient au bord de ses pistils
    Une gouttelette de pluie.

Et quels sont vos chagrins?... On peut les avouer?
Peut-être vouliez-vous suivre encor votre mère,
Qui vient, par un détour, de s'esquiver, légère,
    Pendant qu'on vous faisait jouer?

Derrière ce tilleul, peut-être que, cachée,
Votre bonne vous guette à son piége attendu,
Et vous, de coin en coin las de l'avoir cherchée,
    Déjà vous vous croyez perdu?

De sa patte à longs poils sur votre cou posée,
Joueur qui dans un bond voulait vous caresser,
Peut-être que, sur l'herbe humide de rosée,
    Le chien vient de vous renverser!

Du gâteau maternel la dernière bouchée

Peut-être à terre ayant glissé de votre main,

Un effronté moineau vient, en un vol soudain,

    De l'emporter pour sa nichée?

Peut-être, par sa face aux belles couleurs d'or,

Votre pain sur son miel a roulé dans le sable;

Et, pensif, vous voyez qu'ici-bas rien n'est stable,

    Aux débris de votre trésor?

Des larmes, beau garçon! Venez... qu'on les essuie!

Captives, les voilà qui tremblent à vos cils :

Ainsi, la fleur retient au bord de ses pistils

    Une gouttelette de pluie.

Dites-nous vos chagrins : on peut les avouer !

Ils portent, comme vous, enfants ! la robe blanche,

Une aile de duvet qu'un léger souffle penche,

Et des grelots prêts à jouer.

ENFANTINE XIV.

Il est si doux, si beau de s'être fait soi-même,
De devoir tout à soi, tout aux beaux-arts qu'on aime;
Vraie abeille en ses dons, en ses soins, en ses mœurs,
D'avoir su se bâtir, des dépouilles des fleurs,
Sa cellule de cire, industrieux asile
Où l'on coule une vie innocente et facile!

ANDRÉ CHÉNIER.

ENFANTINE XIV.

Le petit Jardin.

La primavera lo mira
Llena de flores la mano.

*Le printemps le regarde, la main
pleine de fleurs.*

LOPE DE VEGA.

Il est heureux, ce peuple aux suaves couleurs !
Moins heureux que Mathilde en regardant ses fleurs
Relever leurs tiges humides !

ADOLPHE NICOLAS.

Te souvient-il, ma sœur, du petit coin de terre

Dont on nous dit, un jour : « Soyez propriétaire » ?

C'est un titre ici-bas objet de bien des vœux,

Propriétaire ! Enfants, nous l'avons eu tous deux.

Nos bons parents venaient d'imiter les abeilles.

Travailleurs au printemps, prodigues de leurs veilles,

Dieu leur avait souri. Pour les jours de repos

Il leur avait donné le champ de murs enclos,

Avec sa maisonnette, avec son puits, sa vigne,

Son figuier.... et la paix pour qui s'en montre digne.

On s'était installé, quand, dès le lendemain,

Notre mère nous prit chacun par une main.

La voilà qui nous mène, avec un doux sourire,

Devant deux beaux carrés, pour nous tout un empire !

Puis de sa voix si pure : — « Enfants, regardez bien !

« Voici vos deux jardins ; chacun aura le sien :

« Là, remuez, semez, plantez, taillez à l'aise,

« Faites quoi que ce soit qui vous plaise ou déplaise ;

« C'est à vous. — Respectez tout le reste ! — On verra

« De vos deux champs égaux lequel prospérera. »

Fier de mon territoire et fier de ma puissance,

Je hissai pavillon de pleine indépendance.

Tous les jours virement, revirement soudain,

Lois nouvelles, essais dont pâtit le jardin !

D'abord, je m'éloignai du grand chemin vulgaire :

« — Qu'attendre si longtemps d'une herbe mise en terre?

« J'irai plus vite au but : je planterai des fleurs ! »

Un bouquet m'en fournit de toutes les couleurs,

Je les dresse en rayons, brillante broderie,

La tige au sol fichée; et, glorieux, je crie :

« — Voyez! voyez déjà mon jardin tout fleuri;

« Voyez son beau manteau ! » — Ma mère avait souri.

22

Et comme, au soir, ces fleurs étaient toutes penchées,

De la chaleur du jour pâles ou desséchées,

Comme mon œil confus les regardait : — « Eh bien !

« Ta parure d'emprunt, tu le vois, n'était rien.

« Fou de l'éclat d'autrui celui qui s'enlumine !

« Que voulais-tu que fît une fleur sans racine ? »

Au système commun il fallut en venir.

Quelles lenteurs, pour moi ! Je n'y pouvais tenir.

Chaque arbuste naissant changeait dix fois de place.

A peine en quelque coin son petit bras s'enlace,

Mon caprice l'arrache et le transporte ailleurs.

De mes plants je faisais des êtres voyageurs ;

Et de la graine allant épier le mystère,

Curieux, je grattais matin et soir la terre.

Qui s'accommoderait de procédés pareils !

Mes arbustes voyaient à peine dix soleils ;

Mes graines avortaient; mes plants, dès leur bas-âge,

Dans leurs courses séchés, se changeaient en fourrage;

Et comme j'en pleurais, quelqu'un me dit : — « Pourquoi

« Les troublez-vous toujours? chaque chose a sa loi;

« A tout enfantement le Temps est nécessaire;

« Sachez attendre un peu : voilà toute l'affaire! »

J'attendis; il me vint quelques premiers succès;

Mais ce n'était pas tout!...

                        Tantôt, je délaissais

La terre ouvrant de soif sa surface béante;

Tantôt, sous un torrent je noyais chaque plante;

Ou bien je leur versais, aux ardeurs de midi,

Une fraîcheur, mortelle à leur sang attiédi.

Avare un jour, plus tard prodigue avec usure,

Il fallut qu'on m'apprît et l'heure et la mesure.

Cependant ton domaine où, donnés et suivis,

De notre jardinier prospéraient les avis,

Ton domaine étalait sa robe parfumée ;

Chaque souffle y berçait une fleur bien-aimée,

D'un sourire éternel le Temps le caressait,

Et l'ardent papillon, lui-même, s'y fixait.

Je reconnus qu'avant d'ordonner, de conduire,

Il nous faut obéir, il faut longtemps s'instruire ;

Que l'enfant a besoin qu'on lui donne la main ;

De son mât j'amenai mon pavillon hautain ;

Je t'imitai. Bientôt le Temps ni les zéphires

Ne distinguèrent plus, dans leurs jeux, nos empires ;

Sur tous les deux volait le papillon lutin ;

Et, comme lui courant l'un chez l'autre au butin,

Nous mélangions nos fleurs, pour faire à notre mère

Des bouquets, sur nos fronts payés d'un doux salaire.

Mais, de notre maison toi qui fus les amours,
Pauvre sœur ! je te parle...

Hélas !...

Ces vers, toujours,
Toujours je les commence un sourire à la bouche,
Et lorsqu'au dénouement mon petit drame touche,
Combien de fois mes yeux sont-ils mouillés de pleurs !
Le chemin du passé court sur bien des douleurs.
On évoque, de loin, des souvenirs d'enfance,
L'âge a fui, chaque acteur sur la scène s'avance,
On rit... Puis, tout à coup, un rapide reflux

22.

Vous emporte, et l'on pleure à ceux qui ne sont plus.

O ma sœur, tu courais si rieuse, si leste,

Dans ton si beau jardin!... Et qui sait s'il t'en reste

Un tout petit, hélas! d'une grille entouré,

Où l'on puisse, à genoux, après avoir pleuré,

Ouvrir la terre sainte, et, d'une main pieuse,

Au pied du saule en deuil poser la scabieuse!

ENFANTINE XV.

Mein Sohn! die Strasse, die der Mensch befaehrt,
Worauf der Segen wandelt, diese folgt
Der Fluesse Lauf, der Thaeler freien Kruemmen,
Umgeht das Weizenfeld, den Rebenhuegel,
Des Eigenthums gemess'ne Graenzen ehrend —
So fuehrt Sie spaeter, sicher doch zum Ziel.

Mon fils! le chemin que l'homme doit suivre pour arri-
ver au bonheur suit le cours du fleuve, les libres si-
nuosités de la vallée; il tourne autour du champ de
blé, du coteau de vignes, respectant les limites des
propriétés; il conduit plus tard mais plus sûrement
au but.

SCHILLER.

ENFANTINE XV.

Les Chemins de fer atmosphériques,

MECANISME.

Escoute-moy Fontaine vive,
En qui j'ay rebeu si souvent
Couché tout plat dessus ta rive,
Oisif à la fraischeur du vent !
RONSARD.

Une seule âme agite ce grand corps.
BARTHÉLEMY ET MÉRY.

Coupe limpide et fraîche, au bord de la prairie,
Du zéphyre et des fleurs et de l'ombre chérie.

Parmi les lauriers-rose et les lierres penchants
Il était une source, où les oiseaux des champs,
Mésange au collier d'or, fauvette à tête noire,
A l'ardeur de midi, par troupe, venaient boire.

Moi, je faisais comme eux ; et le bruit de mes pas
Sur les arbres voisins dispersant leur volée,
Mon regard caressant et ma voix désolée
Vainement leur disaient : — « Ne vous enfuyez pas ! »
Ils fuyaient bien plus loin !

                    Comme, en un vase antique,
Se penche une colombe, ornement artistique,
Ainsi (moins gracieux, moins léger, à coup-sûr)
Je me penchais vers l'eau, dont je troublais l'azur,
Posé, près de ses bords, sur mes mains délicates :
Pour ne pas dire, en terme exprès, à quatre pattes.
L'allure est fatigante et peu digne à tenir.

D'ailleurs, nous n'avons pas le bec de la colombe;

Ni ce col onduleux qui se lève et retombe;

Notre lèvre altérée a peine à parvenir

Jusqu'au flot endormi; chaque mince gorgée

En son chemin hésite et demeure engagée;

Le moyen ne vaut rien !

Alors, de mes dix doigts

Je me fais, imitant l'enfant de Diogène,

Une coupe arrondie en coquille : autre gêne !

Par les fentes, les bords et le fond à la fois,

En longs jets ruisselants s'échappe le liquide;

Quand le vase atteignait ma bouche, il était vide.

Ce moyen ne vaut rien, non plus !

Autre recours :

Le blé dans le sillon se balançait, j'y cours;

De la source à ma lèvre un chalumeau se dresse;

Sous un doigt inconnu qui l'excite et la presse

L'eau, que j'appelle à moi, m'obéit; sans effort,

D'elle-même, elle monte, et m'arrive à plein bord.

✻

Qui m'eût dit, dans ces jeux, au ruisseau du village

Par de simples enfants répétés d'âge en âge,

Que, plus tard, salués d'un million de voix,

Des chalumeaux géants, des bouches mécaniques,

Sur leurs rayons de fer aspirant les convois,

Jusqu'aux monts hisseraient leurs files fantastiques,

Comme en un brin de paille, en un frêle tuyau,

A la source des prés, enfant j'aspirais l'eau !

Tu te perds à chercher les effets et les causes :

Homme ! demande-les aux plus petites choses !

ENFANTINE DERNIÈRE.

Mon fils, si tu savois ce qu'on dira de toy,
Tu ne voudrois jamais déloger de chez moy
Enclos en mon estude : et ne voudrois te faire
User ny fueilleter aux mains du populaire!
Quand tu seras party, sans jamais retourner,
Estranger loing de moy te faudra séjourner,
Car ainsi que le vent sans retourner s'en vole,
Sans espoir de retour s'échappe la parole.

RONSARD.

ENFANTINE DERNIÈRE.

La Flottille,

ÈPILOGUE.

Chi ribatte da proda, e chi da poppa;
Altri fa remi, ed altri volge sarte;
Chi terzeruolo ed artimon rintoppa.

L'un frappe à la proue et l'autre à la poupe;
celui-ci fait des rames; celui-là tourne
le chanvre en cordages; cet autre répare
la voile d'étai et celle d'artimon.

LE DANTE.

Oh! que j'aime bien mieux discuter à mon aise,
Assis, au coin du feu, sur ma petite chaise!
Avec sa femme, au moins, on peut causer de tout,
Et l'on n'a jamais peur d'être de mauvais goût.

Mme ÉMILE DE GIRARDIN (DELPHINE GAY).

Tel que vous me voyez, j'étais grand amiral !

Notre flotte portait le pavillon royal !

Amiral du ruisseau qui coule dans la rue;

Flotte en coques de noix, voguant les jours de crue.

Combien, pour nos chantiers, en nos bois dépouillés,

Dans leur liége naissant de chênes entaillés!

Combien, pour élever nos mâtures coquettes,

N'avons-nous pas usé de paquets d'allumettes!

Nous avions de beaux bricks, des vaisseaux de haut bord,

Des canons allongeant le cou par le sabord,

Des chebecs à deux focs que la brise lutine,

Des barques de pêcheurs sous leur voile latine,

Cutters, lougres, chalands, bateaux plats, bateaux ronds,

Enfin de quoi passer régiments, escadrons:

Nous aurions fait trembler l'Angleterre rivale,

En portant vers Calais notre force navale!

Mais nous nous arrêtions, bornant notre horizon
Aux deux bouts du cours d'eau voisin de la maison.
Ce cours d'eau, dont la source était à la fontaine,
S'en allait par le port jusqu'à la mer prochaine ;

Nous le suivions, heureux, fiers de notre armement,
Relevant les vaisseaux penchés; puis, sagement,
A l'endroit où du port le flot urbain s'approche,
La flotte était reprise et mise dans la poche.

Mais un jour, sur l'écueil, loin de le signaler,
Ivre d'orgueil, je crie : — « Au large ! laisse aller ! »
A ces mots dans la mer l'escadre fait sa chute,
Non sans quelque avarie et plus d'une culbute.

On voyait des vaisseaux renversés sur le flanc,
D'autres la coque en l'air, plusieurs le mât tremblant,

23.

Mais enfin le surplus, sur la rade étonnée,
Toutes voiles dehors, commençait sa tournée :

Quand soudain, détaché de son anneau de fer,
Un noir, un vil canot se meut, pousse à la mer,
Et sans même avoir vu notre flotte, sa proie,
Contre un bateau voisin, la refoule et la broie.

La leçon était rude et fit couler des pleurs ;
Tout périt !... Sur le gouffre, au jour de ses malheurs,
L'Armada, que les vents frappèrent de leur aile,
Laissa moins de débris tournoyant après elle.

Aussi, lorsqu'aujourd'hui, de ces récits naïfs

S'amusent, près de moi, les enfants attentifs ;

Qu'à ces vers, abrités au foyer de famille,

On montre un vaste monde, un beau soleil qui brille ;

Qu'au loin, vers l'Océan, j'entends de douces voix

Appeler sur les flots mes coquilles de noix ;

Que des regards de femme ont lui, vives étoiles ;

Que leur bouche a promis de souffler dans mes voiles ;

J'hésite, et je réponds : — « Voyez ! il m'en prit mal,

Dans le temps où j'étais encor grand amiral ! »

TROIS PETITES LÉGENDES

A

MA FILLE AGÉE DE TROIS ANS.

—∘∘—

LÉGENDE PREMIÈRE.

— Petit enfant, tu viens bien pauvrement!...

— Tu viens au monde, aussi grand, aussi riche
Comme le roi, et aussi florissant;
Tes serviteurs sont les anges sans vice;
Ton trésorier, c'est le Dieu tout-puissant;
Grâce divine est ta mère nourrice.

Charles Fontaine.

LÉGENDE PREMIÈRE.

Les Chérubins à la quenouille.

Un cheveu d'or, parfumé d'ambroisie,
Comme un rayon de lumière choisie.

JULES LACROIX.

Que ma bouche et mon cœur, et tout ce que je suis,
Rendent honneur au Dieu qui m'a donné la vie!

RACINE.

Un jour le Bon-Dieu manda à lui les légions d'anges ;
non pas les anges adolescents et forts, qu'il envoie en

mission par les soleils et par les mondes ; mais les
anges enfants, ceux qui ne quittent jamais les genoux de la Vierge, et qui font les petites voix aiguës
de soprano dans les chœurs célestes.

— « Qui de vous, dit le Bon-Dieu, a les doigts assez
menus, menus,... fins, fins,... et agiles, pour un
travail que j'ai à faire faire ? »

Tous les petits chérubins levèrent en l'air leurs
petites mains,... écartant, allongeant leurs dix petits doigts ;... et le Bon-Dieu passa l'inspection.

Quoi qu'il eût pu les voir tous d'un seul coup d'œil,
il se plut à y apporter l'attention la plus grande,
disant à l'un : — « Certainement, c'est bien, mais

pas assez encore ; »... à l'autre : « Voilà qui est par-
fait, passe par ici ! »

Et ainsi choisit-il tous ceux qui lui convinrent.

Il leur donna à chacun une jolie quenouille de dia-
mant, non pas des diamants de la terre, mais des
diamants du Paradis, qui brillent cent mille fois plus.

Il leur donna de la lumière prise à chaque soleil,...
et de l'ombre prise à chaque planète,... et du souffle
des orgues divines, lorsqu'il s'élève tout chargé de
chant,... et de la fumée des thuriféraires célestes,
lorsqu'elle monte tout imprégnée de parfum.

Il y joignit quelques rayons de la couronne des

plus belles vierges ;... deux, même, de l'auréole de celle qui, en beauté comme en bonté, les surpasse toutes ;... et un de sa propre auréole.

— « De tout cela, mes chérubins, filez-moi des cheveux.... des cheveux.... que je veux envoyer sur la terre. Si quelque chose vous embarrasse à faire, votre mère Marie vous le montrera. »

Ils se mirent à la besogne, groupés autour de Marie ; et leur régiment se nomma, dans la langue du ciel, le Régiment des Chérubins à la quenouille.

Ce sont eux, ma petite fille, qui avaient filé les beaux et longs cheveux de ta mère; et ce sont eux qui ont filé les tiens.

LÉGENDE II.

Des jours! des jours, mon Dieu! pour qu'à travers les flots
  D'une mer orageuse,
Sous ma voile abritée, ellé navigue heureuse :
Comme un jeune alcyon, sur la mousse écumeuse
  Près de sa mère éclos!

Des jours! des jours encor! pour que sa voix fidèle
  Apprenne à te bénir!
Afin qu'au vase pur rien d'impur ne se mêle;
Afin que, si sa foi dans la route chancèle,
  Ma foi puisse la soutenir!

     Mme LONCLAS-ORTOLAN.

LÉGENDE II.

Les trois Étoiles tombantes.

Die himmlischen Gestirne machen nicht
Bloss Tag und Nacht, Fruehling und Sommer — nicht
Dem Saemann bloss bezeichnen sie die Zeiten
Der Aussaat und der Ernte.

*Les astres du ciel ne servent pas seulement à faire
le jour et la nuit, le printemps et l'été, à indi-
quer au laboureur le temps de la semence et
celui de la moisson.*

SCHILLER.

Dieu jette-t-il aux nuits de si douces parcelles,
Pour écrire son nom entre le ciel et nous?

Mme DESBORDES-VALMORE.

Il y avait dans le ciel trois petites étoiles dorées :
l'une s'appelait le Caprice,... l'autre l'Esprit,... et la
troisième la Grâce.

Les deux premières si vives, si vives et si bril-
lantes, que le scintillement des pierreries n'était rien
auprès d'elles;... la troisième si douce, si douce et
si moelleuse qu'elle attirait le regard et le retenait
comme sous un charme.

Vers la fin d'un été, un soir que ma fille, mon
enfant à peine né, dormait sur les genoux de sa
mère, à la porte de la maison, à la fraîcheur naissante de la nuit, les trois petites étoiles dorées se
détachèrent du ciel.

Et en descendant, vite, vite,... comme le fil lumi-
neux du fuseau de quelque sainte, qui se dévide
échappé aux doigts de la fileuse,... comme la tête
enflammée du cerf-volant de quelque ange, dont la
ficelle a cassé,... elles tombèrent : l'une dans la

prunelle droite, l'autre dans la prunelle gauche, et la troisième sur la bouche de l'enfant.

Elles y tombèrent,... non pas tout entières ; mais quelques-uns de leurs rayons, quelques-unes de leurs ondulations seulement ;.. les plus vifs et les plus brillants,... les plus douces et les plus moelleuses.

Non sans se mêler un peu dans leur chute ; car, par les chemins secrets qui unissent les yeux, de l'un à l'autre ont passé également les rayons des deux premières étoiles ; et ceux de la troisième se sont répandus par tout le visage.

✖

Avec cela, envoyez, ô mon Dieu! la bonté dans le

cœur : et tout ira bien!

LÉGENDE III.

Ame d'un baiser née,
    Doux trésor,
Bouche du rire ornée,
    Cheveux d'or ;

Joue humide et vermeille,
    Frais rubis,
L'enfant, bruyante abeille
    Du logis!

HIPPOLYTE LUCAS.

LÉGENDE III.

L'Ange aux fossettes.

La nostra terra di sventure ostello,
Ostello è pur di squadre celestiali.

Notre terre, hôtellerie de malheurs, est
pourtant une hôtellerie d'escadrons
célestes.

SILVIO PELLICO.

Oh! qu'il est beau cet esprit immortel,
Gardien sacré de notre destinée!
Des fleurs d'Éden sa tête est couronnée;
Il resplendit de l'éclat éternel.

Mᵐᵉ TASTU.

Un ange, en allant par le monde, volant et voletant à la surface de la terre, aperçut un enfant en-

25

dormi dans de hautes herbes, à l'ombre épaisse d'un groupe de platanes.

— « Dieu! s'écria-t-il, le bel enfant!... Est-ce qu'on nous l'aurait volé là-haut? »

Et pour s'assurer que la créature naissante appartenait bien à la terre, et que son corps, hélas! était fait, comme ici-bas toute chose, de matière périssable, l'ange, des deux premiers doigts de sa main divine, de ses doigts roses venus du ciel, toucha les joues enfantines.

Il les toucha tout près de la bouche, de l'un et de l'autre côté en même temps, à l'endroit où vient expirer le cercle du sourire.

Puis, rassuré : — « L'enfant est bien à ces gens-ci ! »
dit-il ;... et le messager céleste reprit son vol.

Mais là où ils s'étaient posés, ses deux doigts
avaient laissé leur empreinte.

Voilà pourquoi, ma fille, mon enfant chéri, sur
chacune de tes joues, lorsque le rire commence à
naître, s'ouvrent deux petites fossettes, deux jolies
petites fossettes d'ange !

Voilà pourquoi, si souvent, je m'amuse à te faire
rire... rien que pour les voir !

NOTES.

NOTES.

—o⚬X⚬o—

LIVRE PREMIER.

———

Les trois Enfantines ayant pour titre : *les Rubans de feu,
le Petit Mari, la Prière*, ont été publiées déjà dans divers
recueils : la première en 1829 ; — la seconde à la fin de
1831, reproduite ailleurs en 1833 ; — et la troisième en 1833.

Dans un compte-rendu qui suivait cette dernière publication, en 1833, je lis la réflexion suivante : « Ce mot, *Enfan-
« tine*, exprime logiquement la nature, l'essence de cette
« espèce de composition ; aussi les littérateurs ne manque-
« ront-ils pas de l'adopter et de s'en servir pour désigner

« les poésies dans lesquelles on s'attache à peindre les faits,
« les goûts et les sentiments de l'enfance. »

ENFANTINE VI.

Les Fils croisés (page 51).

On connaît ce jeu, que les enfants appellent, je crois, *la
Scie*, et dans lequel, à l'aide d'un fil ou d'un cordon qu'ils
tournent, qu'ils croisent en divers sens d'une main à l'autre,
et qu'ils se reprennent tour à tour, ils produisent alternati-
vement des figures différentes. La manière de prendre et
de reprendre ce cordon peut bien amener quelques varia-
tions dans la succession des figures; mais il y a un ordre
habituel qui se représente presque toujours et comme for-
cément : c'est cet ordre que je me suis attaché à suivre avec
exactitude.

ENFANTINE VII.

L'Enfant de l'Aveugle (page 63).

J'avais en mémoire, à la fin de cette Enfantine, et les
iambes d'André Chénier, et le Dernier Banquet des Giron-
dins, et les chapitres de Stello, où M. Alfred de Vigny raconte une visite à la maison Lazare; ce passage surtout :

« On entendait des demi-rires, des chansonnettes, des
« airs de danses, des glissades, des pas, des claquements
« de doigts remplaçant castagnettes et triangles; on s'était
« formé en cercle, on regardait quelque chose qui se pas-
« sait au milieu d'un groupe nombreux. »

J'y joignais la pensée de scènes moins élégantes, mais
non moins étranges, qui ont lieu fréquemment encore de
nos jours à la Conciergerie.

ENFANTINE XI.

Le Château dans le torrent (page 91).

Il ne faut pas perdre de vue, pour l'intelligence de cette
Enfantine, la nature de ces torrents du midi de la France,
dont le lit de sable et de galet est desséché comme un
grand chemin pendant la plus grande partie de l'année;
puis qui tout à coup, après de forts orages ou des fontes su-
bites de neige dans les montagnes, descendent impétueux
et inondent souvent la campagne.

ENFANTINE XIII.

Le Nourrisson de la Chèvre (page 107).

Voici un passage de Montaigne sur ce fait, fréquent à
toute époque, de l'allaitement des enfants par des chèvres :

« Et ce que i'ay parlé des chevres, c'est d'autant qu'il est
ordinaire autour de chez moy, de voir les femmes de vil-
age, lors qu'elles ne peuvent nourrir les enfans de leurs
mammelles, appeler des chevres à leur secours. Et i'ay à
ceste heure deux lacquais qui ne tetterent iamais que huict
iours laict de femmes. Ces chevres sont incontinent duites
à venir allaicter ces petits enfans, recognoissent leurs voix
quand ils crient, et y accourent : si on leur en présente vn
autre que leur nourrisson, elles le refusent, et l'enfant en
fait de mesme d'vne autre chevre. I'en vis vn l'autre iour, à
qui on osta la sienne, par ce que son père ne l'auoit qu'empruntée d'vn sien voisin, il ne peut iamais s'adonner à l'autre
qu'on luy presenta, et mourut sans doute de faim. »

~~~ⲘⲘⲘⲘⲘⲘ~~~

LIVRE DEUXIÈME.

ENFANTINE I.

Les Cigales (page 159).

Les cigales sont méconnues, je pourrais dire calomniées, dans le Nord;

Elles le sont au moral, au physique, jusque dans leur talent musical;

Elles le sont non-seulement par l'opinion populaire, mais par les poëtes et par les artistes eux-mêmes.

Sous leur nom se sont présentées des espèces de grosses sauterelles, dont on leur a attribué les allures, la voracité et l'insupportable cri-cri.

Il y a là une substitution de personne, une véritable usurpation de titre, dont elles ont déjà trop souffert :

Mon Enfantine a pour but de les réhabiliter.

Au moral, les cigales ont été pour l'Antiquité le symbole des âmes vouées au culte de l'art.

Platon met dans la bouche de Socrate lui-même leur histoire merveilleuse.

Ce sont des hommes qui, à l'apparition des Muses, furent pris d'une telle passion de chant, qu'ils en devinrent insensibles aux besoins de la vie, et qu'ils moururent sans même s'en apercevoir. Changés alors en insectes mélodieux, ils reçurent, sous cette forme, le privilége de n'avoir jamais besoin de nourriture. Après leur mort de cigale, ils s'en retournent rejoindre les Muses, et leur font connaître ceux par qui chacune d'elles est honorée sur la terre [*].

Comme l'artiste, comme le poëte qui se préparent par de longs et obscurs travaux à quelques jours d'éclat, les cigales vivent longtemps, plusieurs années, quelques espèces dix-sept ans, disent les naturalistes, à l'état de larve, cachées sous terre, avant de revêtir leurs ailes, de sortir à la lumière et d'y commencer leur existence si bruyante, mais si courte.

Comme à l'artiste, comme au poëte oublieux souvent des biens de ce monde, peu de chose suffit aux cigales pour

---

[*] « Ἐξ ὧν τὸ τεττίγων γένος μετ' ἐκεῖνο φύεται, γέρας τοῦτο παρὰ Μουσῶν λαϐὸν μηδὲν τροφῆς δεῖσθαι γενόμενον, ἀλλ' ἄσιτόν τε καὶ ἄποτον εὐθὺς ᾄδειν, ἕως ἂν τελευτήσῃ· καὶ μετὰ ταῦτα ἐλθὸν παρὰ Μούσας ἀπαγγέλλειν τίς τίνα αὐτῶν τιμᾷ τῶν ἐν ᾅδε. »

PLATON, dans le *Phèdre* (V. l'épigraphe, p. 159).

vivre. A peine si quelques anciens, comme Virgile, leur donnent la rosée pour aliment :

« Dumque thymo pascentur apes, dum rore cicadæ. »

La plupart répètent avec Platon que les cigales passent toute leur vie sans rien manger, et cette antique opinion se retrouve encore vulgairement répandue dans la Grèce, dans l'Italie, dans la Provence.

L'homme des champs, si susceptible lorsqu'il s'agit de l'espérance de ses récoltes, considère ces animaux comme tellement inoffensifs dans ces pays, qu'à l'égal des hirondelles il en fait presque un objet sacré.

La vérité, au rapport des naturalistes, est que les cigales se nourrissent de la sève des arbres, pompée sur les branches à l'aide de leur petite trompe. Mais cet emprunt à la végétation est si peu de chose, qu'il passe entièrement inaperçu. On dit toutefois qu'il existe, en Amérique, des espèces beaucoup moins sobres, qui se font redouter, comme un fléau, de l'agriculteur.

La fable de La Fontaine, empruntée du reste au père de l'apologue, a nui beaucoup à la réputation de nos cigales. Elles pourraient se défendre contre les inculpations qui y sont contenues, en alléguant qu'elles ne se nourrissent ni de grains, ni de mouches, ni de vermisseaux ; tout au plus de quelques gouttes de sève. Mais elles ont un autre moyen de défense sans réplique : c'est qu'en hiver elles n'existent plus.

Passé la saison du chant, vers la fin de septembre, vous ne rencontrerez pas une seule cigale. Leur existence ne dépasse pas la durée de deux ou trois mois. J'ai même vu grand nombre de paysans méridionaux persuadés que chaque cigale ne vit que vingt-quatre heures ; et c'est ainsi qu'ils expliquent comment elle peut rester toute sa vie sans manger ni boire.

Si elles ont été injustement accusées au moral, les cigales n'ont pas moins été défigurées au physique.

Il est peu de Parisiens qui ne prennent pour cigales ces grandes sauterelles grises ou vertes qui sautillent dans les luzernes de la plaine Saint-Denis, ou qu'on ramasse dans les fossés, le long des chemins *.

Quelque spirituelle que soit la charge que Henri Monnier et Grandville en ont tirée, quelque amusante que soit leur sauterelle travestie en une maigre et vieille chanteuse de rue, ce n'est après tout qu'une sauterelle : ces artistes doivent aux véritables cigales une réparation.

Les écrivains et les poëtes du nord ne manquent pas, lorsqu'ils parlent des cigales, de les mettre dans les prés ou dans les sillons : témoin Hégésippe Moreau **, qui n'avait guère eu l'occasion d'en voir aux alentours de Provins.

Les cigales sont dans l'air ou sur les arbres.

C'est là que les placent les écrivains de l'antiquité, eux qui s'y connaissent parce qu'ils appartiennent à la Grèce ou à l'Italie.

---

* On dit cependant qu'on trouve quelques vraies cigales dans les environs de Fontainebleau.

** Voir ci-dessus, page 174.

« Écoute les cigales converser au-dessus de nos têtes ! »

dit Socrate assis avec Phèdre sous les lauriers fleuris de l'Ilissus.

> « Semblables aux cigales qui, dans les forêts, se posant sur
> « la cime des arbres, font entendre leur voix harmonieuse, »

dit Homère ;

> « Sole sub ardenti resonant arbusta cicadis, »

« Sous les ardeurs du soleil, les arbres résonnent du « chant des cigales, » écrit Virgile.

On pourrait, en y mettant un peu de poésie, comparer sous le rapport de la forme, comme on l'a fait si souvent sous le rapport du chant, la cigale à un petit oiseau.

> « Tu voles ; comme toi la cigale a des ailes.
> « Tu chantes ; elle chante. A vos chansons fidèles
> « Le moissonneur s'égaie... »

dit à l'hirondelle André Chénier, traduisant une épigramme d'Evenus de Paros.

Mais le poëte s'écarte beaucoup de la réalité lorsqu'il ajoute, pour compléter la similitude :

> « .... Et l'automne orageux
> « En des climats lointains vous chasse toutes deux. »

Aux approches de l'automne l'hirondelle part, mais la cigale meurt.

A prendre les choses prosaïquement, qu'on se figure la cigale sous l'apparence d'une mouche vigoureuse, vue au verre grossissant d'un microscope, on se fera, à peu de chose près, l'idée de ce qu'elle est dans sa forme physique.

Quant à leur talent musical, on fait injure aux cigales lorsqu'on croit entendre leur musique dans le bruit strident que certaines sauterelles produisent en frottant l'une contre l'autre les écailles de leur cou.

Les cigales ont un instrument que les savants ont décrit, un chant qui a été noté pour les amateurs; elles ont des basses et des ténors; enfin, chez elles comme chez les oiseaux, le mâle seul a le privilége de chanter.

Je ne suis guère initié à la connaissance du mécanisme intérieur de l'instrument que le ciel leur a donné : est-ce une flûte? est-ce un tambour? sont-ce des cymbales? On peut trouver toutes ces opinions chez les poëtes et chez les naturalistes. Ce mécanisme est fort compliqué à ce qu'il paraît. Je me contenterai de renvoyer, pour la description qu'on en désirerait, aux Mémoires de l'illustre Réaumur, qui en a révélé tous les mystères, et qui est parvenu à faire chanter des cigales mortes, en jouant de leur instrument sur leur petit corps inanimé.

Tout ce que j'en sais, de longue date, c'est qu'au-dessous de la poitrine des cigales chanteuses, après leurs dernières pattes, on aperçoit la surface d'un tambour de basque, tendue d'une peau vitreuse, aussi brillante qu'une glace, que nous appelions, enfants, et que les savants appellent aussi *le miroir*.

Pour quelle part ce miroir ou ce tambour entre-t-il dans la production du son? Je l'ignore. Toujours est-il que les femelles, qui sont muettes, en sont dépourvues; que le mâle, lorsque dans nos jeux nous avions brisé son miroir, devenait muet à son tour; et que la nature prévoyante, pour préserver cette vitre fragile, l'a recouverte d'un volet à deux plaques demi-circulaires, qui se soulève pendant le chant et se referme aussitôt après.

La différence des basses et des ténors ne tient pas aux individus, mais à l'espèce; et je me suis convaincu plus d'une fois, en les prenant sur le fait, que ce sont les cigales d'une plus petite espèce, celles qu'on nomme dans le Midi *cigalons,* qui font la partie de basse.

Je doute que les airs de la composition des cigales, qui ont été notés, soient une reproduction exacte du chant qu'elles exécutent. Ce chant est présenté par les écrivains, tantôt comme une mélodie divine, tantôt comme un bruit assourdissant. Si Homère en compare la douceur à celle de l'éloquence des vieillards qui discourent entre eux avec sagesse [*]; si saint Grégoire de Nazianze y voit comme le son d'une lyre qui remplit la forêt et charme le voyageur en

---

[*] Γεραῖ δὴ πολέμοιο πεπαυμένοι, ἀλλ' ἀγορηταὶ
Ἐσθλαί, τεττίγεσσιν ἐοικότες, οἵτε καθ' ὕλην
Δενδρέω ἐφεζόμενοι ὄπα λειριόεσσαν ἱεῖσι.

ILIADE, livre III, v. 150.

26.

l'accompagnant *, d'autres l'ont traité avec moins d'indul-
gence.

Tout cela ne dépend-il pas du sentiment dans lequel nous
écoutons? On voit bien, Reboul, qu'en écrivant ces vers :

> « Quand de nos boulevards le ciel chauffant la dalle,
> « Sur leurs ormeaux poudreux fait crier la cigale,
> « Qui semble accompagner de son chant ennuyeux
> « Les flammes du soleil qui dansent à nos yeux.... »

on voit bien que vous étiez lassé, accablé des vingt-huit
degrés de chaleur contre lesquels vous dirigiez votre
poésie, et que les cigales étaient mal venues de chanter à
vos oreilles en se réjouissant de cette chaleur !

A le considérer froidement, avec impartialité, le chant
des cigales ne m'a paru consister que dans des trilles ou des
roulements prolongés, qu'elles exécutent sur une seule note
ou sur deux tout au plus, avec des *crescendo*, des *moriendo*
et des *rinforzando* alternatifs. Dans les morceaux d'ensemble, les basses et les ténors s'entendent fort bien pour
faire en même temps ces *crescendo* et ces *moriendo*.

Il paraît que l'habitude, chez les enfants, de s'emparer
de ces pauvres chanteurs et de leur faire, pour prison, de

---

* Τίς ὁ δοὺς τέττιγι τὴν ἐπὶ στήθους μαγάδα ; καὶ τὰ ἐπὶ
τῶν κλάδων ᾄσματά τε καὶ τερετίσματα ὅταν ἡλίῳ κινῶνται τὰ
μεσεμβρινὰ μουσουργοῦντες καὶ καταφωνῶσι τὰ ἄλση καὶ ὁδαι-
πόρον ταῖς φωναῖς παραπέμπωσι.

S. Grégoire de Nazianze, *Discours* 34 (V. l'épigraphe, p. 145).

petites cages rustiques, remonte à une haute antiquité, s'il
faut en juger par ce tableau que Ronsard imite d'un ancien,
et qu'il place sur le bois d'une houlette :

> « Aux pieds de ceste Nymphe est un garçon qui semble
> « Cueillir des brins de jonc, et les lier ensemble
> « De long et de travers, courbé sur le genou :
> « Il lés presse du pouce et les serre d'un noud,
> « Puis il faict entre-deux des espaces esgales,
> « Façonnant une cage à mettre des cigales. »

Pour nous, les cages que nous leur fabriquions étaient
faites avec deux toutes petites planchettes de liége, liées
entre elles par de longues épingles noires en guise de barreaux ; ou bien avec les tiges du fenouil, qui nous four-
nissait des bâtons droits, polis, moelleux à l'intérieur, et
vernissés d'une belle couleur verte.

ENFANTINE IV.

La Reine de Mai (page 175.)

Cette Enfantine est puisée dans une coutume méridionale
qui se rapproche beaucoup de celle qu'ont les enfants de
Paris, de dresser dans les rues de petites chapelles, à l'époque de la Fête-Dieu. Cette coutume s'est inspirée, dans le
Nord, aux cérémonies du culte chrétien ; tandis qu'elle est
restée empreinte, dans le Midi, d'un caractère de poésie

païenne. C'est au premier mai que les petits enfants choisissent, dans chaque quartier, une jeune fille qu'ils couvrent de fleurs et qu'on appelle *la Mayo*, ou la Reine de Mai.

ENFANTINE V.

L'Attelage (page 183.)

Je demande grâce pour cette locution d'enfant : « Les chevaux *pour de bon*, » au lieu de : « Les bons, les vrais chevaux.... »

ENFANTINE IX.

Les petits Canonniers (page 209.)

Dans tous les lieux où pousse le sureau, les enfants se fabriquent ces petites armes, que chaque pays nomme à sa manière, et qui portent en Provence le nom de *bombardelles*. Ces armes me rappellent les vers naïfs dans lesquels Jasmin se plaint que, tandis que la naissance des fils de roi est annoncée par le canon, la sienne, à lui, pauvre fils d'un pauvre tailleur, n'ait pas même été saluée d'un petit coup de bombardelle *.

---

*   « S'un prince nay, lou canou lou saludo ;
    « Aquel salut announço lou bounhur ;
    « Mais jou, paouret, fil d'un paoure taillur,
    « Nat petadou n'announcèt ma bengudo. »
        JASMIN, d'Agen, *Mous Soubenis*, chant 1er.

Quant à la fabrication de nos boîtes ou bombes de terre glaise, je crois que c'est une industrie locale. Les petits Provençaux appellent ce jeu la *tapo-tapo* (tape-tape). Je conseille aux enfants du Nord d'en essayer. Il suffit de pétrir l'argile en forme d'un mince couvercle de boîte ronde, et de la lancer vigoureusement et bien d'aplomb sur le pavé, par sa face concave : on verra le bel effet qu'elle produira en éclatant.

Je n'ajouterai rien aux détails que contient mon Enfantine sur l'usage militaire de la *Bravade*, à la fête patronale de la plupart de nos villages.

TABLE.

ENFANTINES.

LIVRE PREMIER.

LIVRE DEUXIÈME.

TROIS PETITES LÉGENDES.

ERRATA.

—

Page 57, ligne 5, le mot — *Demandons!* — est à
supprimer.

Page 91, ligne 3 de l'épigraphe, au lieu de — *of
barrier,* — lisez *or barrier.*